Barbara Zoschke

Wovon man alles **nicht** stirbt

FSC
www.fsc.org
MIX
Papier aus verantwortungsvollen Quellen
FSC® C083411

5 4 3 2 1

ISBN: 978-3-649-62708-1

Text: Barbara Zoschke
Umschlaggestaltung: Irmela Schautz
Lektorat: Sara Mehring
Satz: FSM Premedia
Printed in Germany
www.coppenrath.de

Das ebook erscheint unter der ISBN: 978-3-649-62910-8.

Barbara Zoschke

Wovon man alles NICHT stirbt

COPPENRATH

Der Tag, an dem Tante Lo anfing, mit mir zu sprechen, war kein normaler Tag. Es war der letzte Dienstag in den Sommerferien, und es war der Tag, an dem Fahrrad-Klose starb.

Als ich davon erfuhr, versuchte ich natürlich, meinen Schrecken zu verbergen. Denn obwohl ich Lesya seit Wochen geholfen hatte, gedanklich an Kloses Tod zu arbeiten, habe ich natürlich nicht WIRKLICH geglaubt, dass das klappt. Man konnte niemanden mit bloßer Gedankenkraft umbringen. Es war nur ein Spiel, bei dem ich mitmachte, weil ich hoffte und glaubte, dass es Lesya irgendwie guttat.

Beim Frühstück ließ ich mir also nichts anmerken. Ich aß meinen Joghurt und konzentrierte mich darauf, die weichen Kirschen mit der Zunge an meinem Gaumen zu zerdrücken, während mein Herz laut hämmerte. So konnte ich Ma einigermaßen gut zuhören.

Sie erzählte, was sie auf dem Nachhauseweg vom Kindergarten (sie hatte die Zwillinge mal wieder abholen müssen) erfahren hatte: Fahrrad-Klose war vermutlich irgendwann gestern Abend oder in der Nacht in seiner Werkstatt umgefallen und wahrscheinlich auf der Stelle tot gewesen.

Der kleine Simon hatte ihn heute früh gefunden, als er seinen Roller aus der Werkstatt holen wollte, den Fahrrad-Klose für ihn repariert hatte. Simon erzählte seiner Mutter, dass der alte Mann in der Werkstatt ein komisches Kopfkissen hätte und mit offenen Augen schlafen könnte.

Da hat Simons Mutter sofort den Krankenwagen gerufen, denn bestimmt ahnte sie, was passiert war. Schließlich war Fahrrad-Klose schon alt, man konnte damit rechnen, dass er bald mal starb.

Die Sanitäter haben Kloses Kopf von der Schraubzwinge gehoben, auf die er geknallt war, und den Alten dann auf den Boden gelegt. Danach kam ein Arzt, der aber nichts mehr machen konnte, außer Kloses Tod festzustellen. Man legte Fahrrad-Klose in einen Sarg und der Leichenwagen transportierte ihn ab.

Die Zwillinge waren noch klein, sie kamen erst nach den Ferien in die Schule. Sie hatten deshalb noch keine Angst vor dem Tod. Das fängt ja erst an, wenn man älter ist.

Haben wir in Reli gelernt.

Als Ma fertig erzählt hatte, fragte Devid mich nur: »Und wer repariert jetzt unsere Fahrräder?«

Ich zuckte mit den Schultern. Ich war natürlich nicht ganz bei der Sache. Denn ich musste daran denken, dass ich Lesya gestern Abend aus Kloses Werkstatt hatte kommen sehen. Ausgerechnet gestern Abend. Wo wir dem Alten doch seit Wochen aus dem Weg gegangen waren.

Ich hatte den Müll runtergebracht, als ich sah, wie Lesya die Tür der Werkstatt hinter sich schloss und über die Wiese auf die Türnicher 9 zuging, sich im Gehen noch mal rumdrehte und dann loslief, als hätte sie es plötzlich sehr eilig. Ich rief sie natürlich direkt an, aber sie ging nicht dran. Und später, als die Zwillinge, auf die ich mal wieder aufpassen musste, endlich schliefen, bin ich noch mal zu ihr rüber. Aber sie machte nicht auf. Seitdem fragte ich mich: Was hatte sie bei dem Verräter zu suchen gehabt? Was hatte sie dort gemacht? Ich meine: Was hatte sie dort *gemacht*?

Ich stellte den Joghurt auf den Tisch und beschloss, in die Badewanne zu gehen. Das war bei uns in der Wohnung nämlich der einzige Ort, an dem man mal ganz in Ruhe nachdenken konnte.

Ich drehte den Wasserhahn auf, schloss die Badezimmertür hinter mir ab, ließ den Bademantel auf den Boden fallen und legte mich sofort in die Wanne. Ich verteilte Schaum auf meinem Bauch und sah zu, wie der Wasserspiegel um mich herum langsam stieg.

Fahrrad-Klose

Lesya hatte von Anfang an gefunden, es wäre das Beste, wenn Fahrrad-Klose in seiner Werkstatt abkratzte. Da würde so schnell keiner Verdacht schöpfen, und wenn doch, dann kämen viele als Täter infrage, aber garantiert nicht wir beide. Und außerdem hatte alles mit der Werkstatt begonnen. Mit der Werkstatt und dem Bild, das Lesya aufs Tor hatte malen dürfen.

Es würde gut passen, wenn Fahrrad-Klose genau dort starb. Das fand ich auch.

Die Fahrrad-Werkstatt hatte sich der alte Mann, der immer so freundlich tat und allen half und so was wie der selbst ernannte Hausmeister in der Türnicher Straße war, in seiner Garage eingerichtet. Sie lag auf dem Garagenhof III mitten zwischen den anderen 20 Garagen in der ersten Reihe. Hinter den 21 Garagen in der ersten Reihe gab es auf dem Garagenhof III noch 9 weitere Reihen mit je 21 Garagen, insgesamt also 210 Garagen.

210 Garagen allein auf dem Garagenhof III – für alle 3 Hochhäuser in der Türnicher zusammen kam man da auf 630 Garagen. Und mittendrin also die von Fahrrad-Klose. Die knallte so was von! Sie war nämlich die einzige mit einem Tor, das nicht taubenkackeweiß war, sondern regenbogenbunt. Lesya

hatte das Tor anmalen dürfen, was, wie Lesya und ich leider zu spät erkannten, nicht nett war von Fahrrad-Klose, sondern eine Falle.

Nach ihrer Ankunft, als Lesya zu ihrer Tante Saskia in die Türnicher gezogen war, war sie sehr oft bei Fahrrad-Klose in der Werkstatt gewesen. Sie erzählte ihm vom Höhlenmalen und dass sie in der Deutschen Schule in Kiew, die sie früher besucht hatte, eine Wand der Turnhalle mit dem Schullogo hatte bemalen dürfen und dass das bei ihnen zur Kultur gehören würde, dass man die Häuser mit Blumen anmalte, und er, Fahrrad-Klose, interessierte sich sehr dafür. Er schenkte ihr sogar ein Buch, das er billig in der Stadtteilbücherei gekauft hatte, weil die es nicht mehr haben wollten. Einen richtigen Bildband mit dem Titel »Murals & Wallflowers«, in dem lauter junge Frauen vorgestellt wurden, die Graffiti malten, und zwar auf der ganzen Welt, also nicht nur in der Ukraine. Und er schenkte Lesya auch noch diese besonderen Farben, die ganz schön teuer waren. Schwarze und bunte Tinte, mit der man Leder einfärben konnte und die auf Wänden sehr haltbar war. Deshalb hatte sich Leysa besonders viel Mühe für das Verräterschwein gegeben und mit dem Garagenbild so etwas wie Höhlenmalerei für außen gemacht.

Lesya war so was von happy. Weil sie zum ersten Mal was gemalt hatte, das sie sich selbst ausgedacht hatte und das viele Leute sehen konnten. Nicht nur Schüler einer kleinen Schule. Seitdem sagte sie so Sachen wie: »Später werde ich auch Wallflowers machen. Ich werde berühmt. Ich male die ganze Welt an.«

Das war natürlich alles, bevor wir kapierten, dass Fahrrad-Klose ein feiger Rassist war, der sich einen Scheiß für ukrainische Kultur interessierte und nur Angst davor hatte, dass er Ärger bekäme.

Mit seiner Verwandlung hatte aber auch echt niemand rechnen können. Fahrrad-Klose hatte sich ja sogar extra die Erlaubnis bei der Verwaltung für die Garagenmalerei besorgt, weil das eigentlich verboten war und die Verwaltung das Tolle an Höhlenmalereien natürlich nicht kapierte. Fahrrad-Klose hatte der Verwaltung versprechen müssen, das Tor nach spätestens einem Jahr selbst wieder taubenkackeweiß anzustreichen, erst dann durfte Lesya ihr Blätterfahrrad mit dem Vorderrad draufmalen, in dem sich ein Mädchengesicht drehte und um das sich Haare wie Taue wanden.

Das Besondere an diesem Bild waren die Farben.

Die waren einmalig, denn normalerweise malte Lesya ja nur schwarz-weiß. Wegen ihrer Eltern. Und das hatte Fahrrad-Klose, kurz nachdem Lesya das Garagenbild fertiggestellt hatte, auch selbst herausgefunden.

Lesya hatte vielleicht 10 oder 12 Tage nach ihrem Einzug bei Tante Saskia mit dem Garagen-Bild anfangen dürfen. Dann malte sie das ganze Wochenende durch, weil sie dachte, sie würde am Montag mit dem Bus wieder nach Hause fahren. In die Ukraine. Ihr Sprachurlaub war vorbei.

Aber dann ging das nicht, weil Lesyas Eltern doch nicht aus dem Gefängnis raus waren und Tante Saskia meinte, es wäre besser, wenn Lesya noch bliebe. Sie könnte die Sommerferien über auf jeden Fall noch bei ihr wohnen, das Touristenvisum und alles hätte sie ja, das würde sogar noch ganz lange gelten, und sofort fing es an.

Fahrrad-Klose war nett gewesen, solange er dachte, Lesya wäre eine Sprachschülerin, die wieder nach Hause fuhr. Als er mitbekam, dass sie blieb, wurde er fies. Er wollte andauernd mit Tante Saskia sprechen, kreuzte ständig bei Lesya vor der Tür auf, faselte irgendwas davon, dass eine Dreizehnjährige nicht alleine wohnen dürfte, dass er das melden müsste, dass das ja wohl das Letzte wäre, wo denn ihre Eltern wären und so weiter und so fort.

»Ja, im Gefängnis in der Ukraine vielleicht?«, habe ich ihn einmal angeblafft, als er uns wieder nervte.

Aber da hat Lesya mich so angeguckt, dass ich gleich wusste: Besser, Fahrrad-Klose weiß nix.

»Aber die kommen bald wieder raus«, habe ich deshalb schnell hinterhergeschoben, »weil: Die sind berühmte Journalisten und die haben gar nichts gemacht, außer ihre Meinung zu sagen.« Und das stimmte ja auch. Lesya sprach von fast nichts anderem mehr als davon, dass ihre Eltern bald aus dem Gefängnis herauskämen, dass das nur eine Warnung wäre und dass sie dann zurück in die Ukraine fahren würde.

Aber dann bekam Fahrrad-Klose auch noch heraus, dass Lesya in der Wohnung die Wände anmalte.

Eines Samstagmorgens tauchte er einfach bei ihr vor der Tür auf. Ich war auch da. Er brachte ihr Terpentin, weil sie die

Lederfarbe, die er ihr fürs Garagenbild geschenkt hatte, sonst nicht von ihren Händen abbekam. Und er stand im Flur und guckte an ihr vorbei in die Wohnung und sah die schwarz-weißen Höhlenmalereien in Lesyas Zimmer, weil die Tür offen stand, und er fragte, was denn ihre Tante dazu sagen würde und ob Lesya wüsste, dass sie das alles wieder wegmachen müsste, wenn sie auszögen, und er wollte wissen, ob sie dafür etwa auch die schwarze, extra haltbare Lederfarbe genommen hätte. Und als Lesya »Ja, neuerdings schon« sagte, rastete er total aus und fragte, ob sie wüsste, wie teuer das wäre, das wieder abzubekommen, gerade auf den Fensterrahmen und den Türen, und so wäre das natürlich absolut überhaupt nicht gemeint gewesen, dass sie jetzt plötzlich alles anmalen dürfte, nur weil er das mit dem Garagenbild möglich gemacht hätte, und ob das etwa auch zu ihrer Kultur gehören würde und ob ihre Eltern so was auch machen würden und ob sie deshalb im Gefängnis säßen, das wäre ja kriminell, und ob sie eigentlich bescheuert wäre und ob sie den Unterschied zwischen Mein und Dein nicht kennen würde und überhaupt: ob sie denn null Respekt vor anderer Leute Eigentum hätte, weil die Wohnung mit den Wänden und den Fenstern würde ihr doch gar nicht gehören, und er schimpfte mit sich selbst, aber gleichzeitig in Lesyas Richtung, dass man das eben davon hätte, wenn man sich auf Ausländer einlassen würde, und das wäre für ihn das allerletzte Mal gewesen, weil wenn das rauskäme, dann würde die Verwaltung garantiert denken, er hätte sie erst auf die Idee gebracht, und dann müsste er am Ende noch die Renovierungskosten tragen, weil sie ja minderjährig und ihre Tante ja offensichtlich nicht in der Lage wäre, sie anständig zu beaufsichtigen, und er warnte sie, sie solle unbedingt und sofort damit aufhören, sonst.

Bevor er das Sonst näher erklärt hatte, machte er schon weiter. Und dann hielt er Lesya seinen alten Zeigefinger unter die Nase und sagte: »Das muss ich melden.«

Wir machten schnell die Tür zu und schauten uns ängstlich an. Wir wussten nicht, was er damit meinte. Wem wollte er das melden? Und was überhaupt? Dass Lesya die Wände anmalte oder dass sie angeblich alleine wohnte?

Als wir hörten, wie Fahrrad-Klose noch einmal zurückkam, hielten wir uns die Hände vor den Mund, als müssten wir sonst schreien. Fahrrad-Klose rief durch die Tür: »Du bist erst dreizehn. Du bist völlig überfordert! Du gehörst nach Hause! Sag deiner Tante, dass ich sie MORGEN sprechen will.«

Aber das ging nicht.

Morgen wäre Tante Saskia garantiert wieder nicht da. Tante Saskia musste sehr viel arbeiten, damit Lesya und sie über die Runden kamen. Sie war Krankenschwester, aber sie arbeitete nicht im Krankenhaus, sondern in einer anderen Stadt bei einem Anwalt, einem Herrn Flessenkemper, der keine Frau, aber eine alte Mutter hatte, die nicht mehr aufstehen konnte und viel Hilfe brauchte.

Tante Saskia kümmerte sich bei denen um alles. Ums Kochen und Einkaufen und Waschen und Putzen und um die alte Mutter im Bett. Und dafür bezahlte der Anwalt ihr die Wohnung in der Türnicher und alles.

Oft blieb sie auch über Nacht bei dem Anwalt, weil die so viel zu besprechen hatten, denn dieser Anwalt kümmerte sich von Deutschland aus darum, dass Lesyas Eltern freikamen. Da gab es extra Vereine, an die man sich wenden konnte, wenn irgendwas in der Welt ungerecht lief.

Tante Saskia kam also nur ganz selten, um Lesya Geld zu bringen.

Aber das konnten wir Fahrrad-Klose natürlich nicht sagen. Nicht nach diesem Ausraster.

Er war typisch Rassist. Die wurden fies, wenn die Leute nicht machten, was sie wollten, und beschimpften sie dann als Ausländer mit schlechten Manieren oder so. Dabei malte Lesya die Wohnung nicht an, weil sie eine Ausländerin war, sondern weil sie eine Künstlerin war. Eine ausländische Künstlerin, okay, aber was spielte das denn für eine Rolle?!

Das blickte Fahrrad-Klose natürlich nicht. Er rannte zur Hausverwaltung und verpetzte Lesya. Wir merkten das daran, dass sie einen Brief nach dem anderen bekam. Besser gesagt: Tante Saskia. In den Briefen stand immer dasselbe: Tante Saskia sollte zu einem bestimmten Termin zu Hause sein, damit die Hausverwaltung sich das anschauen kommen könnte, was Fahrrad-Klose gemeldet hatte. Aber Tante Saskia war ja nie da. Sie musste arbeiten. Und immer wenn die Verwaltung kam, machte Lesya nicht auf.

Seitdem hatten wir Angst. Dass die Verwaltung irgendwann die Polizei schickte. Dass Lesya dann zurückgebracht würde in die Ukraine, wo Krieg war und ihre Eltern im Gefängnis saßen. Ab da gingen wir Fahrrad-Klose natürlich aus dem Weg. Wenn wir ihn sahen, versteckten wir uns. Wenn das Tor seiner Garage aufstand, gingen wir einen Umweg. Wir machten uns unsichtbar.

»Ich weiß gar nicht, was der hat. Ich komm doch klar«, hatte Lesya immer gesagt und dabei manchmal sogar mit einem Geldschein gewedelt. »Flessenkemper bezahlt für Tante Saskia die Miete und Tante Saskia legt mir alle 2 Wochen 50 Euro auf den Tisch.«

Damals wusste ich noch nicht, dass das gelogen war. Und deshalb fand ich auch: Lesya kam klar. Wir kamen klar. Und ich dachte: Wenn sie zurück in die Ukraine müsste, wo im Osten Krieg herrschte, da kämen wir nicht mehr klar. Für Lesya wäre das total schlimm und ich hätte keine beste Freundin mehr. Wir *mussten* also irgendwas tun.

Deshalb versuchten wir, Fahrrad-Klose verschwinden zu lassen. In Gedanken. Wir stellten uns vor, dass er stirbt. Ja. Und wir wünschten es uns. So wie unter der Dusche, wo man sich ja alles Mögliche vorstellen und wünschen kann und wo man immer viel stärker ist als im normalen Leben. Und viel entschlossener. Und viel schlagfertiger. Und alles.

Leider konnten Lesya und ich aus unseren Wohnungen nicht auf den Garagenhof III gucken. Lesya wohnte in der Türnicher 9, ich in der 8 und Fahrrad-Klose in der Türnicher 10. Dazwischen gab es die Wäschewiese und drum herum Gehwegplatten. Keine Chance zu sehen, was sich auf Garagenhof III abspielte. Weil wir aber auch so wussten, dass Fahrrad-Klose die Fahrräder abends ab 8 Uhr reparierte, habe ich von 8 bis 9 und Lesya von 9 bis 10 Uhr daran gedacht. Jeden Abend eine Stunde, 6 Wochen lang, immer schön abwechselnd.

Für das Denken an Fahrrad-Kloses Tod gab es ein Rezept. Lesya hatte es im Internet gefunden, als wir im Selbstlernzentrum an die Computer durften. Das Rezept hieß »So lassen Sie ihn richtig los«, und es enthielt die Anleitung, die wir seitdem befolgten.

Man musste sich flach ausgestreckt aufs Bett oder auf den Boden legen, die Handflächen nach oben zeigen lassen und die Augen zumachen. Dann regelmäßig durch die Nase ein- und wieder ausatmen und dabei immer bis 4 zählen. Wenn man das so lange gemacht hatte, bis man ziemlich ruhig geworden war, stellte man sich zuerst das Gesicht des Menschen vor, den man loslassen wollte, und zwar so lange, bis man das Gefühl hatte, ihn richtig vor sich zu haben. Danach war das Herz des Menschen dran, den man loslassen wollte. Das sollte man sich auch so lange vorstellen, bis man es »förmlich greifen konnte«. Jetzt, und das war schwierig, musste man die Gedanken an das Gesicht und an das Herz bündeln. Im Rezept stand: »Zu einem hellen, heißen Strahl«.

Ich brauchte jedes Mal ziemlich lange, bis ich das mit dem Strahl hinbekam. Sobald ich nach Gesicht und Herz an den Strahl denken sollte, dachte ich an 1000 andere Sachen. Wie funkelnde Sterne gingen die in meinem Gehirn auf und lenkten mich von dem Strahl ab, bevor er überhaupt da war.

Aber wenn ich es dann irgendwann doch geschafft hatte, dann spürte ich, genau wie es im Rezept beschrieben war, den Strahl hinter meiner Stirn brennen und von innen gegen den Punkt mitten zwischen den Augen drücken – so sehr, dass es sogar juckte und ich mich immer sehr anstrengen musste, um nicht hinzufassen. Stattdessen versuchte ich, tief einzuatmen und den Strahl mit der nächsten Ausatmung ins Herz des Menschen, den ich loslassen wollte, also: ins Herz von Fahrrad-Klose zu schießen.

Sobald der Strahl sein Ziel getroffen hatte, musste ich wieder von vorn anfangen, mich konzentrieren, atmen, den nächsten Strahl bündeln und abfeuern. Und dann wieder von vorn und immer so weiter, eine ganze Stunde lang.

»Loslassen ist nur ein anderes Wort für umbringen oder töten«, hatte Lesya erklärt.

Ich fand das einleuchtend und sowieso das ganze Rezept eine gute Idee. Trotzdem verteidigte Lesya den Plan, als ob ich was dagegen gesagt hätte oder an irgendwas zweifeln würde. Jedenfalls guckte sie so. Denn Lesya sprach zu der Zeit nicht viel. Wegen dem Akzent, den sie hat, dachte ich. Sie verteidigte den Plan also mit ihren Augen und mit ihrem ganzen Körper, indem sie die Schultern ganz hoch zu den Ohren zog und die Augen aufriss und die Handflächen nach oben drehte und *Iss so* dazu nickte.

Und ich sprach aus, was ich in ihren Augen las. »Du meinst: Iss so?! Das Opfer würde sowieso sterben?!«

Lesya *iss so* nickte.

»Weil: Fahrrad-Klose ist schon uralt?!«

Lesya *iss so* nickte.

»Und bestimmt hat er auch was am Herzen, so mies, wie der ist?! Mit dem Rezept geht's nur schneller?!«

Lesya *iss so* nickte.

Und ich kam mir vor wie ein verdammtes Genie. Also setzte ich noch einen drauf: »Loslassen ist also Sterbehilfe.«

Das gefiel Lesya sehr gut. Sie schlang die Arme um meinen

Hals, küsste mich mitten auf den Mund und sagte: »Moya doroga.« Das war Ukrainisch und hieß »Mein Schatz«.

Das machten wir immer so: auf den Mund küssen und »Moya doroga« sagen.

Immer, seitdem ich das erste Mal bei Lesya übernachtet hatte und wir die Matratzen, die im Wohnzimmer eigentlich die Rückenlehnen vom Sofa waren, auf den Boden gelegt hatten, damit wir nebeneinanderliegen und zusammen aus der Balkontür den Mond anstarren konnten. Es war zufälligerweise Vollmond gewesen, und als Lesya das sah, holte sie zwei kleine Gläser, in die sie Wodka schüttete, und meinte, bei Vollmond muss man feiern. Ich trank meinen ersten Wodka und Lesya küsste mich mitten auf den Mund und sagte: »Moya doroga.«

Die anderen Mädels aus der Sechsten küssten sich ja links und rechts auf die Wangen, wir küssten uns auf den Mund. Vor allen anderen und stolz. Auch daran merkte man, dass wir älter waren als Evy, Arzu, Jasmina und Ruby und alle anderen.

Wir gehörten nicht zu denen.

Wir gehörten nicht in die 6 c.

Das hatte ich von Anfang an gewusst, als ich nach der Sechsten im Gymnasium noch mal in die Sechste auf die Gesamtschule musste, weil ich auf dem Gymnasium plötzlich so schlecht geworden war, dass Frau Körber am Ende der 6 alles gemacht hatte, um mir den Platz an der Gesamtschule zu besorgen.

Alleine irgendwo nicht dazuzugehören ist Scheiße, weil man denkt, es stimmt irgendwas nicht mit einem. Man fühlt sich wie ein Puzzleteil, das aus Versehen in den falschen Karton geräumt wurde und das schon ganz staubig ist, weil einen irgendwann niemand mehr rausnimmt aus dem Karton, um auch nur auszuprobieren, ob man irgendwo dranpasst. Man hat eine gepunktete Rückseite, während alle anderen Streifen haben.

Und irgendwann hat es auch der Letzte kapiert, dass man aus einem anderen Karton ist.

Zusammen mit Lesya irgendwo nicht dazuzugehören war genau das Gegenteil von schlimm. Man war auf einmal die Hälfte von einem Ganzen, das wie selbstverständlich zusammengehört, und die anderen waren immer noch dieselben blöden Puzzleteile, die andauernd hektisch rumprobieren mussten, an welcher Stelle sie denn wohl ins Bild passten. Mit Lesya waren die Punkte auf dem Rücken was Besonderes. Ich fühlte mich richtig, zum ersten Mal seit langer Zeit: richtig.

Erst fand ich das mit dem auf den Mund Küssen natürlich seltsam, weil das noch nie einer bei mir gemacht hatte. Selbst Ma küsste mich nicht auf den Mund. Und ich hab auch nur mitgespielt, weil Lesya meinte, das machten bei ihr zu Hause alle Mädchen. Also war das eine ukrainische Sitte, und die Sitten von anderen soll man ja gut finden oder zumindest nicht von Anfang an scheiße, nur weil sie anders sind.

Und dann haben wir das immer gemacht. Schon am nächsten Tag, als ich nach Hause bin, haben wir uns zum Abschied auf den Mund geküsst. Oder besser gesagt, Lesya hat mich auf den Mund geküsst. Sie legte ihre Hände auf meine Schultern, stellte sich auf die Zehenspitzen und küsste mich auf den Mund.

Als ich auf den Aufzug wartete, habe ich mir über die Lippen geleckt, und das schmeckte dann nicht nach Wodka, sondern nach Kascha mit Butter und Milch, obwohl ich ja gar nicht gefrühstückt hatte. Moya doroga.

Irgendwann küssten wir uns auch so gegenseitig auf den Mund, zwischendurch, wenn was besonders gut war oder so. So wie jetzt. Jetzt war das neue Wort gut: Sterbehilfe. Das war wirklich ein ziemlich guter Ausdruck für das, was wir gemacht hatten.

Denn wahrscheinlich wollte Fahrrad-Klose sowieso sterben und fand sein Leben nicht mehr lebenswert, weil er ein Verräter war. Warum stand er sonst jeden Abend im kettenölverschmierten Overall in seiner Werkstatt herum und reparierte die Räder, die ihm die Bewohner der Türnicher brachten? Und auch sonst alles: Wasserkocher, Dosenöffner, Lampen. Und zwar umsonst. Er nahm kein Geld dafür, obwohl er es bestimmt brauchen konnte!

Es gab nur eine Erklärung: Er wünschte sich, er könnte damit etwas gutmachen, damit er doch noch in den Himmel käme oder so! Denn dass er da hinwollte, stand fest. An einer Wand in seiner Werkstatt hing ein Kreuz mit Jesus dran und an einer anderen ein großes Poster, auf dem ein halb nackter Mann mit Tuch um die Hüften auf einer Wolke saß. Drüber stand: »Das Beste wartet im Himmel.«

Vielleicht dachte Fahrrad-Klose, Rassist sein und Leute verraten wäre kein Problem für eine Zukunft im Himmel, wenn er nur ordentlich Zeugs reparierte. Vielleicht dachte er, das wäre so was wie Beichte oder Buße.

Das hatten wir auch in Reli gelernt, dass das bei den Katholischen so funktionierte. Sie konnten egal welchen Mist machen, Leute belügen und bestehlen und gegen die ganzen Gebote verstoßen, die es gibt, und dann sagen, dass es ihnen leidtut. Dann büßen sie irgendwie und dann wird ihnen von Gott verziehen.

Ganz praktisch, fand ich, allerdings nur für Idioten. So was kann man doch nicht ernsthaft glauben!

Wer weiß, wen Fahrrad-Klose in seinem Leben schon alles verraten hatte, weil er das glaubte.

Die alte Frau Heisterkamp zum Beispiel würde bestimmt gerne noch hier leben. Sie würde wahrscheinlich überhaupt noch gerne leben. Aber Fahrrad-Klose hatte sie der Verwaltung gemeldet, weil sie den Müll nicht mehr runtergebracht, sondern in Tüten auf den Balkon geworfen hat. Na und? Ist doch ihre Sache!

Ricco, der Idiot, fand das natürlich richtig, was Fahrrad-Klose machte. Er meinte, ohne Leute wie Klose würde aus der Türnicher ein Getto, wo die Leute ihren Müll vom Balkon runterwerfen würden. Als ob die alte Frau Heisterkamp den Müll runtergeworfen hätte. Sie hat ihn auf den Balkon gestellt, weil sie nicht mehr so oft rausging. Aber Ricco meinte, es wäre gut, dass Fahrrad-Klose aufpasste, dass hier nicht jeder machte, was er wollte. Und dass es dafür schließlich die Hausordnung gäbe.

Das muss man sich mal vorstellen. Ausgerechnet Ricco hat das gesagt!

Als Frau Heisterkamp abgeholt wurde, hat sie ganz schlimm geweint und Fahrrad-Klose angebrüllt. Ist doch klar. Wer will schon in einem Altenheim wohnen und dann noch in dem überm Rewe mit nur Beton drum herum. Oder in sonst einem Heim. Niemand! Auch Frau Heisterkamp nicht. Sie ist 3 Tage, nachdem sie ins Heim überm Rewe gebracht worden war, gestorben. Nur wegen Fahrrad-Klose, dem Verräterschwein. Und weil er das dann wahrscheinlich auch kapiert und sich wieder Sorgen gemacht hat, ob er jetzt noch in seinen katholischen Himmel kommt, da hat er dem Sohn von Frau Heisterkamp – der sich vorher null um seine Mutter gekümmert hat, der Idiot –, geholfen, die Wohnung von Frau Heisterkamp auszuräumen. Umsonst.

Wir fanden, so konnte man das nicht machen. Jedenfalls nicht mit uns. Oder mit Lesya. Man konnte kein Rassist und Verräter sein und das durch irgendwelche Gefallen, die man den Leuten tat, wieder wettmachen. Oder umgekehrt. Erst nett sein und einem einen Gefallen tun, wie zum Beispiel das Garagentor anmalen lassen und Farbe schenken, und dann ein Schwein sein.

Bevor ich Lesya kennenlernte, habe ich überhaupt nicht darüber nachgedacht, wieso Fahrrad-Klose das mit dem Helfen machte. Ich habe das einfach so hingenommen, weil Ma und alle anderen Fahrrad-Klose immer den guten Geist von der Türnicher genannt haben.

Ich war daran gewöhnt, dass ich ihm mein Fahrrad bringen konnte, wenn es platt war, oder meine Inliner, wenn die klemmten, weil ich mit ihnen durch den Sandkasten gelaufen war.

Seitdem wir in der Türnicher wohnten, also seit über 5 Jahren, war das einfach immer so gewesen.

Aber durch Lesya wurden mir die Augen geöffnet. Der wahre Grund fürs Helfen war sein schlechtes Gewissen. Sein schlechtes Gewissen wegen dem ewigen Verrat.

Meine Listen

Noch hatte niemand an die Tür geklopft, weil er ins Badezimmer wollte. Ich tauchte mit dem Kopf kurz unter, dann schäumte ich mir die Haare ein.

Ich hatte immer gern über den Tod von Fahrrad-Klose nachgedacht. Dann wäre Ruhe, nahm ich an. Und wir müssten nicht andauernd Angst davor haben, dass die Polizei käme, weil Lesya so gut wie alleine wohnte und die Wände anmalte, und deshalb wieder in die Ukraine geschickt würde.

Aber ich dachte nicht nur über Fahrrad-Kloses Tod nach. Ich dachte über alles Mögliche gerne nach. Auch über komplizierte Sachen und Probleme, von denen man ein unordentliches Gehirn bekam, weil die Gedanken durcheinanderflogen. Dann machte ich Listen. So behielt ich in meinem Gehirn den Überblick. Auf die Listen schrieb ich alles, worüber ich nachdachte. Alles und am liebsten von 1 bis 10.

Das war gar nicht so einfach. Oft waren meine Listen löchrig oder zu kurz oder auch zu lang. Aber oft waren sie ziemlich genial und gingen genau von 1 bis 10. Also genau wie die 10 Gebote, die auch nichts anderes als eine Liste waren. Eine Liste von vor 2000 Jahren, mit den 10 wichtigsten Sachen, die man damals beachten musste, damit man keinen Stress mit sich oder anderen bekam.

Liste mit 10 Geboten von vor 2000 Jahren

(abgeschrieben aus dem Relibuch)

1. Gebot

Ich bin der Herr, dein Gott. Du sollst keine anderen Götter haben neben mir.

2. Gebot

Du sollst den Namen des Herrn, deines Gottes, nicht missbrauchen.

3. Gebot

Du sollst den Feiertag heiligen.

4. Gebot

Du sollst deinen Vater und deine Mutter ehren.

5. Gebot

Du sollst nicht töten.

6. Gebot

Du sollst nicht ehebrechen.

7. Gebot

Du sollst nicht stehlen.

8. Gebot

Du sollst nicht falsch Zeugnis reden wider deinen Nächsten.

9. Gebot

Du sollst nicht begehren deines Nächsten Haus.

10. Gebot

Du sollst nicht begehren deines Nächsten Weib, Knecht, Magd, Vieh noch alles, was dein Nächster hat.

Seitdem diese Liste vor 2000 Jahren geschrieben worden war, waren die Dinge definitiv komplizierter geworden. Die meisten Dinge, die auf der Liste standen, interessierten keinen Menschen mehr und sowieso: Mit einer einzigen Liste kam man nicht weit.

Ich jedenfalls hatte so viele Listen, dass es am Ende, als ich damit aufhörte, Listen zu schreiben, 6 volle DIN-A5-Ordner (schmale) waren. Ich liebte meine Ordner mit den Listen wie nur was. Ich schaute sie mir sehr oft an und mochte alles an ihnen. Sogar den Stift, mit dem ich die Listen schrieb. Es war von Anfang an ein schwarzer Filzschreiber. Keine Ahnung, wie viele ich davon schon verbraucht hatte. Man konnte sie bei Penny kaufen, 3 Stück für 1 Euro.

Die Vorstellung, dass mir jemand meine Listen wegnehmen könnte oder sie – keine Ahnung – geklaut würden oder bei einem Feuer verbrannten, war mit das Schlimmste, was es gab. Das war, als würde man mir meinen Kopf leer räumen, mir meine Gedanken klauen, in meinem Gehirn rumwühlen, was weiß ich?!

Dass ich die Listen liebte, merkte ich nicht nur daran, dass ich Angst um sie hatte. Ich merkte es auch daran, dass ich immer so aufgeregt war, wenn ich sie durchblätterte, und dass es immer wieder voll interessant war, so als würde ich mich selbst besuchen und dabei jemanden treffen, den ich echt gernhatte.

Wenn ich meine Listen anschaute und las, was ich vor Jahren oder vor Monaten oder vor Wochen und Tagen geschrieben hatte, dann waren die Listen wie Teppiche, die kreuz und quer, aber in der richtigen Reihenfolge auf einem Weg lagen.

Ich sprang von einem Teppich zum anderen und der Weg war mein Leben. Und zu jeder Liste hatte ich sofort wieder das Gefühl, mit der ich sie geschrieben hatte, und dann fiel mir auch der Ort ein und der Anlass, also das Wo und Warum ich die Liste geschrieben hatte. Die Striche und Bögen von meiner Schrift, mit der ich als Achtjährige zum Beispiel den Wunschzettel für meinen Geburtstag geschrieben habe, sahen so zittrig aus, weil ich den Zettel auf meinem Ranzen schreiben musste und der Ranzenstoff mit den Delfinen drauf voll rau war.

Alles fiel mir wieder ein, wenn ich die Liste sah:

Ich kam zu Hause nicht rein. Mama war nicht da, sie vergaß mich damals öfter und blieb stundenlang auf dem Friedhof. Und deshalb setzte ich mich auf die Treppe vor der Tür, holte Papier und Stift raus und schrieb diesen Wunschzettel. Als Mama endlich kam, fiel mir kein Wunsch mehr ein. Dabei war ich erst bei Punkt 6.

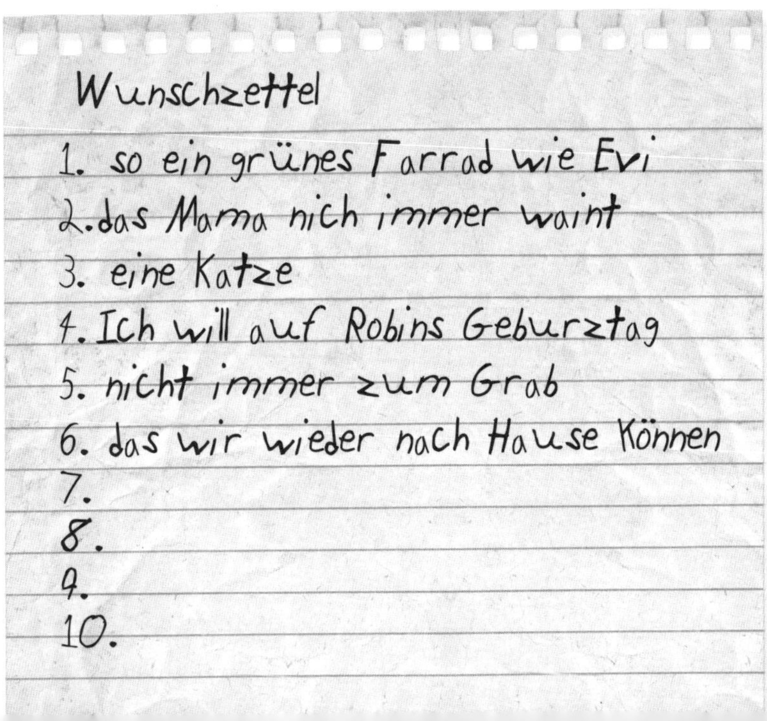

Und ich wusste wieder, wie traurig ich darüber war, dass wir aus dem Haus, in dem ich mit Pa und Ma gewohnt hatte, ausziehen mussten, weil wir nicht genug Geld hatten, um da wohnen zu bleiben, nachdem Pa gestorben war. Und ich roch sogar wieder, dass die Aydins aus der Wohnung neben uns auf dem Balkon gegrillt hatten, was laut Hausordnung verboten war.

Die Liste mit den Lieblingssachen hatte ich geschrieben, weil ich mir immer vorstellte, wir müssten vielleicht mal ganz schnell wegrennen. Weil ein Einbrecher käme oder eine Flutwelle oder ein gigantisches Feuer ausbräche. Das Schlimmste an diesen Vorstellungen war für mich, dass ich meine Sachen würde zurücklassen müssen. Deshalb überlegte ich vorher, was ich auf jeden Fall mitnehmen würde, falls es zur Katastrophe käme.

Lieblingssachen

1. Meine Listen
2. Piro
3. Klicker
4. Grüne Spange
5. Freundebuch
6. Bilder von der Hochzeit
7. Seepferdchen
8. Spardose
9. Leporello
10. mein Niki

Lieblingsleute

1. Papi
2. Mami
3. Frau Körber
4. Nikolaus (ha!)
5. ~~5. Fahrrad-Klose~~ Fahrrad-Klose
6. Mirko
7. Lesya
8. veronika Savelsberg
9. Hühnerjürgen
10.

Die 10 wichtigsten Dinge im Leben, die man nicht kaufen kann:

~~1.~~ Tante Lo

~~2. Kein Streit~~ eine beste Freundin

3. Schwimmbadfarben
4. Listen
5. Höhlenmalerei
6. Ordnung
7. ~~lieb sein~~ Alleinsein
8. Nichtalleinseinmüssen

~~9. mein gelber Pulli (selbst gestrickt)~~ persönliche Gegenstände

10. ich glaube: Geld (das muss man ja verdienen)

Zuerst legte ich die Listen in meine Schublade. Als es zu viele wurden, fing ich an, die Listen in den Ordnern abzuheften, damit Ordnung herrschte. Ordnung stand auf meiner »Liste mit den wichtigsten Dingen im Leben« zwar nicht ganz oben, aber doch auf Platz 6, gleich hinter »Höhlenmalerei« und dicht gefolgt von »Alleinsein«.

Bevor ich beschloss, keine Listen mehr zu schreiben, stellte ich mir gern vor, dass ich irgendwann so viele Ordner mit Listen hätte, dass ich sie in einem Kreis aufstellen könnte, und das wäre dann der Listenkreis, in dem alles stünde, was man wissen musste, um im Leben klarzukommen. Und in dem man nur nachgucken musste, um alles zu verstehen, und das wären dann die Gebote des 21. Jahrhunderts.

Hin und wieder fand ich, dass ich meine Listen verändern musste, weil ich beim erneuten Nachdenken über dieselben Sachen zu anderen Ergebnissen kam. Dann strich ich das Alte durch und schrieb was Neues hin.

Auch fürs Sterben schrieb ich eine Liste. Auf ihr stand, wessen Tod für mich schlimm wäre. Auf Platz eins dieser Liste stand Ma, weil es für mich am allerschlimmsten wäre, wenn sie tot wäre. Am wenigsten schlimm wäre für mich der Tod von Fahrrad-Klose, also kam er – klar – auf Platz 10. Aber dann machten mich die Plätze 2 bis 9 total fertig. Irgendwie war der Abstand zwischen 1 und 10 nicht groß genug, um auszudrücken, wie schlimm ich Mas Tod und wie wenig schlimm ich Kloses Tod finden würde. Unwissende Leser dieser Sterbe-Liste könnten ja denken, dass ich es tatsächlich schlimm finden würde, wenn Fahrrad-Klose sterben würde, eben weil er auf der Liste stand, wenn auch auf Platz 10.

Eigentlich gab es noch mehr, Hunderte, eintausend, Abermillionen und Milliarden Menschen, die, wenn es nach mir gegangen wäre, vor Fahrrad-Klose auf die Liste gehörten. Aber eine so lange Liste, eine Liste mit über 7 Milliarden Menschen (so viele gab es nämlich auf der Welt), konnte ich echt nicht schreiben.

Darum dachte ich tatsächlich darüber nach, Fahrrad-Klose überhaupt nicht auf die Liste mit den Menschen zu schreiben, deren Tod ich schlimm von 1 bis 10 fand. Aber dann hätte niemand erfahren, dass Fahrrad-Klose auf einer solchen Liste ganz am Ende stehen musste, also an der Stelle, die bedeutete: Es tut mir am allerwenigsten leid, wenn *der* stirbt. Und dann fiel mir ein Trick ein. Ich schrieb die »Liste vom Schlimmsein des Todes mir bekannter Lebewesen mit Ausnahme von Platz 9.« Das klang sehr umständlich, war aber doch eigentlich einfach und sah im Ergebnis so aus:

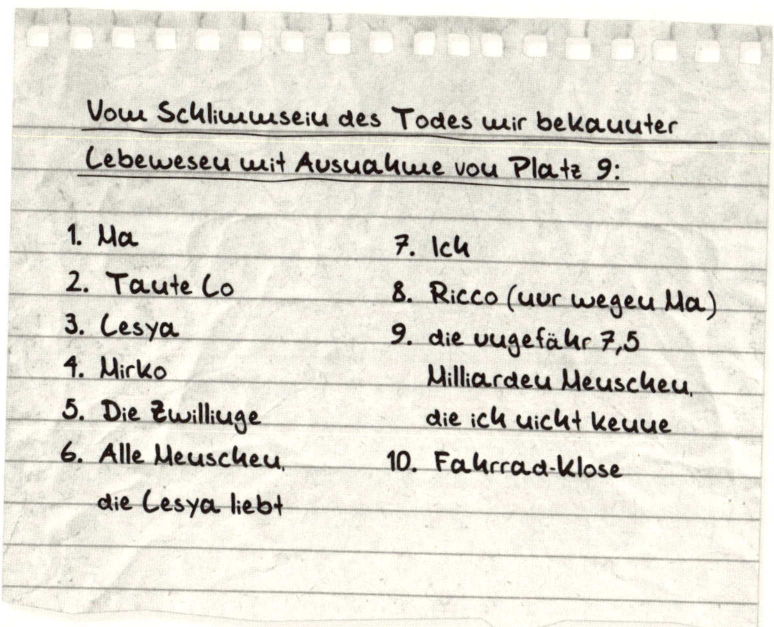

Ich hatte mich selbst an die siebte Stelle geschrieben, weil ich auf jeden Fall vor den Menschen und Tieren sterben wollte, die auf Platz 1 bis 6 standen. Ich würde es nämlich bestimmt nicht aushalten, wenn Mirko, Ma, mein Huhn Tante Lo, meine beste Freundin Lesya oder die Zwillinge vor mir starben. Wenn die 7 Milliarden Menschen, die ich nicht kannte, vor mir starben, wäre das bestenfalls komisch, weil ich mit den anderen von Platz 1 bis 6 dann allein wäre, was auf Dauer vielleicht langweilig werden könnte. Aber wenigstens wären wir dann schon einmal Ricco los, den ich nur wegen Ma vor die über 7 Milliarden anderen gesetzt hatte, und Fahrrad-Klose auch, der es schließlich wie kein anderer verdient hatte zu sterben.

RICCO

Mittlerweile war das Wasser kalt. Ich hatte zwar über alles Mögliche nachgedacht, aber zu der Frage, was Lesya gestern Abend in Kloses Werkstatt zu suchen gehabt haben könnte, war mir nichts eingefallen. Als ich jetzt versuchte, die Frage wieder hervorzuholen, sträubte sie sich mit aller Macht dagegen.

Sie versteckte sich so gut in einem Winkel meines Gehirns, dass ich nicht mehr an sie drankam. Sie war ganz flutschig, so als ob sie auf gar keinen Fall noch einmal gestellt oder beantwortet werden wollte.

Gut, dass ich später mit Lesya zum Schwimmen verabredet war. Sie würde mir das mit gestern Abend erklären, es wäre eine ganz einfache Erklärung, irgendwas mit ... keine Ahnung. Jedenfalls wäre das schnell abgehakt, und dann würden wir uns zusammen darüber freuen, dass wir Fahrrad-Klose, das Rassistenschwein, los waren. Dass das Rezept funktioniert hatte. Dass sie hierbleiben konnte. Hier bei mir. Alles würde gut werden, die Frage nach gestern Abend konnte mich mal.

Ich zog den Stöpsel und trocknete mich ab. Als ich aus dem Badezimmer kam, setzte ich mich zurück an den Tisch und aß meinen Joghurt weiter. Ich hatte gerade die letzte Kirsche am Gaumen zerdrückt und wollte sie herunterschlucken – die Zwillinge matschten im Ketchup rum –, als ich hörte, wie Tante Lo laut und deutlich sagte: »Fahrrad-Klose war ein guter Mensch.«

Ich verschluckte mich vor Schreck an der Kirsche, das heißt, statt sie zu schlucken, atmete ich sie ein, und deshalb rutschte die weiche Kirsche an den Mandeln vorbei in die Luftröhre.

Jetzt atmete ich erst recht ein, und zwar ganz schön verzweifelt, denn ich bekam keine Luft. Ich sprang auf, riss den Mund auf, reckte den Hals weit vor, wie Tante Lo es oft machte, japste so heiser, wie Seelöwen bellen, stieß den Kopf nach vorn und würgte. Mama stürzte aus der Küche, riss mir einen Arm hoch, wollte mir gerade auf den Rücken klopfen, als die verdammte Kirsche in hohem Bogen aus meinem Hals in die Pommesschale der Zwillinge flog.

»Iih!«, riefen die, sprangen jetzt auch vom Tisch auf und rissen die leere Pommesschale mit. Der Ketchup sickerte in den Teppich. Ich fiel erschöpft auf meinen Stuhl zurück, wischte mir die Tränen aus den Augen und sah mein Huhn an, das auf dem Sofa saß. Tante Lo hielt dem Blick stand, dann plusterte sie sich kurz auf, ruckte mit dem Kopf vor und zurück und wiederholte wie zum Trotz: »Fahrrad-Klose war ein guter Mensch.«

Ich versuchte, ruhig durch die Nase zu atmen, weil außer den Augen auch mein Hals wie Feuer brannte und deshalb nur wenig Luft durchpasste.

Während ich ein Wasserglas leerte, wunderte ich mich darüber, dass sich niemand wunderte. Die Zwillinge müssten doch fragen: »Häh? Seit wann kann Tante Lo sprechen?« Und Ma: »Seit wann können Hühner überhaupt sprechen?«

Aber es wunderte sich niemand, außer mir. Die Zwillinge kauerten am Boden und stießen ihre kleinen Zeigefinger abwechselnd in den Ketchup auf dem Teppich und in den Mund. Ma machte sich Sorgen. »Geht's wieder, mein Schatz?«

Ich nickte. Warum sagte Tante Lo so etwas? Ich stand auf, holte meinen Block vom Schreibtisch in meinem Zimmer und verschwand wieder im Badezimmer. Diesmal setzte ich mich auf den Klodeckel und schrieb zur Beruhigung eine neue Liste.

Warum ich mich darüber wundere, dass Tante Lo spricht und dann ausgerechnet so etwas zu mir sagt:

1. Weil Hühner normalerweise nicht sprechen können. Tante Lo auch nicht.
2. Weil Tante Lo nicht mal was verstehen kann. Auch nicht, wenn man: »Komm her!« sagt oder: »Zurück in den Käfig, der Ricco kommt!«
3. Weil Tante Lo noch nie draußen war und Fahrrad-Klose gar nicht kennt.
4. Weil scheinbar nur ich sie verstehen kann.
5. Weil sie nur an früher denkt (als Fahrrad-Klose möglicherweise wirklich noch ein guter Mensch WAR).
6. Weil Fahrrad-Klose ein Rassist war.
7. Weil Fahrrad-Klose ein Verräter war.
8. Weil Fahrrad-Klose ein ekelhafter Verräter war.
9. Weil Fahrrad-Klose ein Idiot war.
10. Weil das niemand weiß außer Lesya und mir.

Ich war nicht besonders zufrieden mit dieser Liste, weil mir nicht genug Hass in den Zeilen steckte. Ich hätte es besser gefunden, Fahrrad-Klose in der Liste nur einmal Verräter zu nennen, die Wiederholung klang, als ob ich mir selbst nicht glaubte, aber dann würde der Punkt 7 oder 8 fehlen, was genauso blöd wäre, weil das auch wie Hassmangel aussah. Und das durfte nicht sein.

Ebenso wenig wie der Ärger sein durfte, den es bestimmt gleich wieder gab, weil Ricco, der Idiot, gerade nach Hause kam. Ich hörte seine Schritte auf der Treppe und den Schlüssel rasseln. Schnell steckte ich den Block in den Bademantel, rannte aus dem Badezimmer, setzte Tante Lo in die Ranch auf dem Balkon und wischte ihren letzten grünlich weißen Hühnerschiss vom Teppichboden vorm Sofa auf. Als ich damit fertig war, warf Ricco gerade seine Lederjacke im Flur auf den Boden. Dann ließ er sich wortlos auf einen Stuhl fallen. Er schaute keinen an, er schaute mit leeren Augen auf seine Hand, die er auf den Tisch gelegt hatte, als gehörte sie nicht zu ihm.

Ma tat so, als ob sie den Kissen schon eine Weile den Staub aus den Bezügen schlagen würde, aber das half natürlich nicht gegen das, was gleich kam.

Das erkannte ich an der Art, wie Ricco auf seine Hand starrte und dabei immer tiefer unter den Tisch rutschte, so als hätte er keinen Hintern zum Sitzen. Ricco mochte es nicht, wenn Ma auf dem Sofa saß, weshalb sie sofort aufgestanden war, als er nach Hause kam. Aber er mochte es ebenso wenig, wenn sie einfach stand oder herumging und zum Beispiel die Wohnung aufräumte.

Eigentlich hatte Ricco natürlich nichts dagegen, dass Ma die Wohnung aufräumte, vor allem das Schlafzimmer, das früher Mas Zimmer gewesen war. Er legte großen Wert drauf, dass Ma da lüftete und die Betten so Frau-Holle-mäßig auf die Fensterbank legte und andauernd Staub wischte. Sie sollte staubsaugen und die Kommode abwischen und auch den langen Bilderrahmen von Ikea überm Bett, in den man 3 Bilder nebeneinander tun kann und aus dem er die 3 Bilder, die früher drin waren, nämlich eins von Ma und Pa, eins von mir, als ich 2 war, und eins von der Nachbarkatze Felly in der Alten Landstraße, einfach ausgetauscht hatte gegen Bilder von seinem Heimatdorf in Italien.

Sie sollte das alles machen, weil er angeblich eine Scheißstauballergie hat. Und wenn Ma müde war oder Rückenschmerzen hatte, dann musste ich das machen, obwohl ich fand, dass Ricco sich mal schön selbst drum kümmern könnte und ich ja nicht seine Putzfrau war. Aber ich gehorchte, weil Ricco sonst einen Anfall kriegte und Ma davon noch mehr Zucker. Dass Ma jetzt wegen der Stauballergie oft auf der Wohnzimmercouch schlief, kümmerte Ricco nicht. Auch nicht, dass sie davon oft Rückenschmerzen hatte. Das war total ungerecht und unlogisch. Es war doch *seine* Allergie. Er bekam doch trotz der ganzen Staubwischerei keine Luft und schnarchte. Warum schlief *er* nicht auf der Couch?

Und dann sollte Ma auch nicht putzen, wenn er von der Arbeit nach Hause kam, weil er seine Ruhe brauchte. Der Idiot!

Mir war aufgefallen, dass Ricco von allem Möglichen eine

sehr genaue Vorstellung hatte und dass er es nicht vertragen konnte, wenn die Dinge anders kamen.

10 Dinge, die Ricco nicht vertragen kann

1. Wenn die Dinge anders kommen, als Ricco denkt.
2. Wenn Ma faul ist.
3. Wenn Ma fleißig ist, wenn Ricco nach Hause kommt.
4. Wenn Ma müde ist.
5. Wenn Ma strickt.
6. Wenn Ma die Hühnerkacke von Tante Lo wegmacht, weil: Das soll ich machen.
7. Wenn Ma nicht da ist, wenn Ricco nach Hause kommt.
8. Wenn Ma mit Tante Lo spricht.
9. Wenn Ma weint.
10. Wenn Ricco sich verarscht fühlt.

Punkt 10 war richtig krass, weil alle wussten, dass Ricco es auf den Tod nicht ausstehen konnte, wenn einer versuchte, ihn zu verarschen. Er hatte null Humor. Aber obwohl sich jeder anstrengte, Ricco nicht zu verarschen, und es wirklich, soweit ich das überblicken konnte, nie jemand absichtlich tat, fühlte sich Ricco andauernd verarscht. Der war so dämlich.

Ich habe natürlich versucht, eine Liste zu schreiben, um da Ordnung reinzukriegen. Ich schrieb alles auf, wodurch Ricco sich von 1 bis 10 verarscht fühlte. Ich habe verdammt viele Blätter verschwendet, um diese Liste hinzukriegen, und habe es doch nicht geschafft. Denn egal, wie sehr ich mich anstrengte – es waren immer mehr als 10 Dinge, die unbedingt auf diese Liste gehörten, und meistens auch noch ihr genaues Gegenteil.

Weihnachten vor 2 Jahren zum Beispiel, da hat Ricco noch nicht bei uns gewohnt, nur immer seine Zwillinge gebracht, wenn er eigentlich selbst hätte auf sie aufpassen müssen, weil seine Ex nicht konnte. Also Weihnachten vor 2 Jahren, da hat Ma Ricco einen Schal gestrickt und geschenkt. Aber Ricco hat sich null gefreut.

»Willst du mich verarschen? Ich bin doch kein gottverdammter Penner«, hat er gebrüllt, den Schal in die Ecke geschleudert und ist aus der Wohnung gerannt.

Im nächsten Jahr hat Ma Ricco natürlich keinen Schal mehr gestrickt. Und auch keine Socken oder einen Pullover. Aber für die Zwillinge und mich hat sie einen Pullover gestrickt. Dreimal denselben Pullover, nur in unterschiedlichen Farben und Größen, als wären wir Geschwister und als sollte das auch ja jeder sofort erkennen.

Den Zwillingen hat Ma die Pullover gleich angezogen, und die haben sich sehr gefreut, zumal sie von Ricco und seiner Ex auch noch ein ferngesteuertes Auto und eine Babypuppe bekommen hatten.

Ich habe meinen gelben Pullover erst einmal auf dem Schoß gehalten und ab und zu daran gerochen. Ich liebte den Pullover sofort und wie verrückt, weil er so nach Mas Händen roch, die sie sich immer mit Nivea eincremt und die ich gleich zehnmal als das Allerschönste an Ma auf die Liste mit den 10 schönsten Dingen an Ma geschrieben habe.

Woran ich mich bei Pa erinnere

1. an den weißen Pullover mit V-Ausschnitt
2. an seinen Geruch nach Maggi
3. an die Wasserfarben
4. ans Springen
5. an den Urlaub in Meran
6. an: ich auf der blauen Fußbank und Pa auf dem Klodeckel und wie er mir die Haare kämmt
7. an sein Gipsbein vom Fußball
8. ans Fußballschuheputzen
9. dass er mich Schneckchen genannt hat
10. wie er Ma die Haare hinter die Ohren schiebt und sie dabei anguckt

Aber Ricco war im Laufe des Abends wieder wütend geworden, und zwar weil Ma ihm *keinen* Pullover gestrickt hatte. Er guckte sich immer wieder sein Geschenk an – Rasierwasser –, roch daran und nuschelte: »Will die mich verarschen, oder was?« Bis er Ma plötzlich das Sektglas wegriss und mir den gelben Pullover, dann das Fenster aufmachte und das Glas und den Pullover runter auf die Wiese warf. Der gelbe Pullover, wie er einen Moment lang am schwarzen Himmel stand, bevor er fiel, war etwas, was ich nie mehr vergessen werde und was mir blöderweise gern wie ein Stern im Hirn aufging, wenn ich eigentlich an den tödlichen Strahl für Fahrrad-Klose denken sollte.

Was hätte ich also auf die Verarschungs-Liste schreiben sollen?

Ricco fühlt sich verarscht, wenn er

1. etwas Selbstgestricktes zu Weihnachten bekommt.
2. nichts Selbstgestricktes zu Weihnachten bekommt.

Das ergab keinen Sinn. Mit so einer Liste konnte niemand etwas anfangen. Gegen Ricco und seine Wut, die Ma Eifersucht nannte, war die beste Liste machtlos.

Bis zu der Sache mit dem Pullover hatte ich Ricco ganz okay gefunden, obwohl er zwischendurch immer wieder so unglaublich bescheuert war. Aber sein Bescheuertsein war zuerst gar nichts gegen das Bescheuertsein von seinem Vorgänger.

Sein Vorgänger, das war der Idiot Bobby Bäng, der Ma heimlich Geld klaute. Der hieß natürlich nicht wirklich Bobby Bäng, das sollte so was wie ein Künstlername sein, weil er sich nämlich für einen Künstler hielt. Er schwor, Ma alles Geld zurückzuzahlen, wenn er das nächste Bild verkauft hätte. Er verkaufte aber nie auch nur ein einziges Bild, sondern verliebte sich in eine andere.

Klauen tat Ricco nicht. Und er kümmerte sich oft voll süß um seine Kinder, ging mit ihnen ins Schwimmbad und machte Arschbomben für sie. Oder er badete sie, machte Ausflüge mit ihnen und konnte sie auch dermaßen gut zum Lachen bringen, dass Ma immer mitlachen musste. Sogar, wenn Ricco gerade eben noch voll bescheuert gewesen war und die Kinder zum Weinen gebracht hatte. Der Idiot.

Trotzdem verteidigte Ma ihn immer. Sie sagte so Sachen wie: »Er hat viel durchgemacht.« Und es hörte sich halb bewundernd an.

Ich wollte auf keinen Fall wissen, was Ricco durchgemacht hatte, und fing deshalb immer an zu singen, ganz laut, und ich hielt mir außerdem die Ohren zu, damit Ma aufhörte mit ihrem »Er hatte es nicht so gut wie du« und »Die ersten Lebensjahre sind die entscheidenden« und »Er weiß nicht, wohin er gehört«.

Meine größte Angst war, dass ich vielleicht auch anfangen müsste, den Idioten halb zu bewundern, wenn ich wüsste, was genau er durchgemacht hatte, und das wollte ich seit der Pullovergeschichte auf keinen Fall.

Seit ich am vorletzten Weihnachtsabend hinuntergerannt war, um meinen Pullover von unter der Wäschestange auf der Wiese zu holen, hatte ich Zweifel daran bekommen, dass Ricco nur deshalb ein Idiot war, weil er irgendwas durchgemacht hatte. Viel wahrscheinlicher fand ich es, dass er ein Idiot war, weil er als Idiot geboren worden war. Manche Leute waren einfach Idioten. Ich schrieb sogar eine Idioten-Liste mit den 10 größten lebenden Idioten, die ich kannte. Aber was mich richtig fertigmachte: In der Zwischenzeit waren alle, die in meinem Leben wichtig waren, auf dieser Liste gelandet, außer Pa, Mirko und Tante Lo. Mittlerweile sah die Liste so aus:

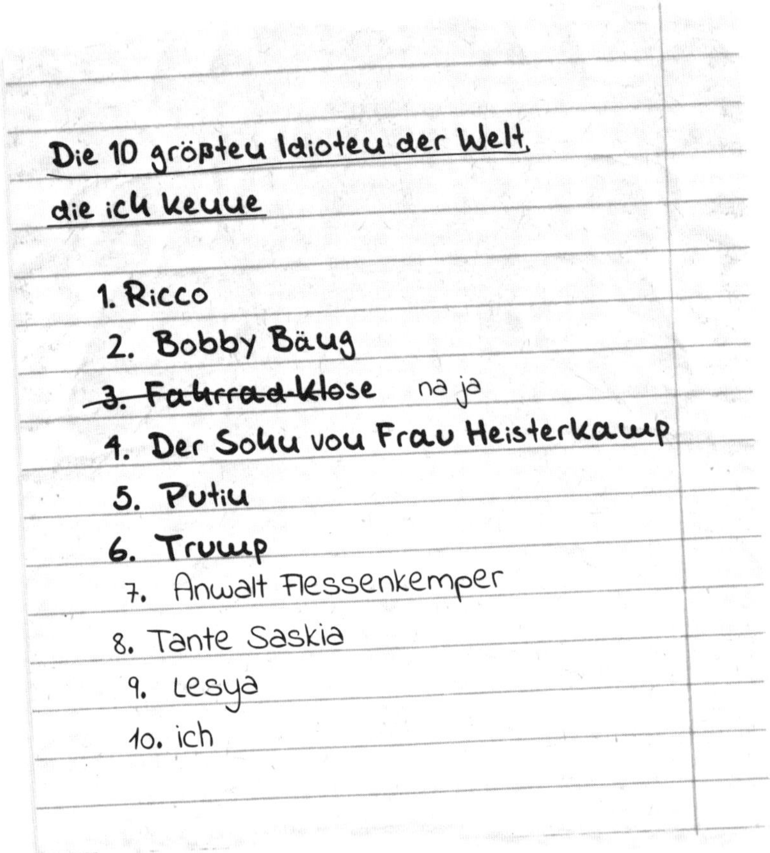

Die 10 größten Idioten der Welt, die ich kenne

1. Ricco
2. Bobby Bäng
3. ~~Fahrrad-Kl~~ose na ja
4. Der Sohn von Frau Heisterkamp
5. Putin
6. Trump
7. Anwalt Flessenkemper
8. Tante Saskia
9. Lesya
10. ich

10 Idiotensorten

1. Idioten von Geburt an
2. Idioten, die durch irgendwas zu Idioten geworden sind
3. harmlose Idioten
4. Idioten, vor denen man Angst haben muss
5. 100%-Idioten
6. 51–70%-Idioten, die auch mal keine Idioten sind und zwischendurch was richtig Gutes machen
7. kleine Idioten, die sich noch zu Nicht-Idioten entwickeln könnten
8. absichtliche Idioten
9. Idioten aus Verzweiflung
10. vorübergehende Idioten

Ricco blieb die Nummer 1 unter allen Idioten, weil er gleich zu drei Sorten von Idioten gehörte. Er war ein Idiot von Geburt an. Er war ein unabsichtlicher Idiot und er war gefährlich. Denn kaum dachte man, er wäre vielleicht doch kein Idiot, machte er sofort irgendwas komplett Idiotisches. Er war unberechenbar. Und deshalb war mein Herz für Ricco so kalt wie der Griff vom Müllcontainer im Winter.

Als Ma die Kissen ausschlug und Ricco sie dabei anstarrte, als müsste er überlegen, ob das wieder eine große Verarsche war, da sagte ich, und zwar nur damit Ricco auf andere Gedanken käme: »Fahrrad-Klose ist übrigens tot.«

Ricco drehte sich zu mir um und sprang auf. »Hä? Sag das noch mal!« Als hätte er eine zusammengedrückte Feder verschluckt, die plötzlich losgelassen worden war und jetzt noch ein bisschen nachwackelte, hüpfte er vor mir rum. Das sollte wie Gangsterstyle wirken, sah aber total peinlich aus, weil Ricco für Gangsterstyle viel zu alt war. Mit 32 war man ja fast 40, also so alt wie Ma, und da fängt das schon mit den Krankheiten an.

»Fahrrad-Klose ist tot«, wiederholte ich. »Aber das ist nicht schlimm, denn Fahrrad-Klose war kein guter Mensch.«

»Doch!«, krähte Tante Lo.

»Oh Scheiße!«, regte Ricco sich weiter auf. Er ging im Federmodus zum Fenster und zurück und wieder zum Fenster. »Und wo ist er jetzt? Was ist mit seiner Werkstatt?«

Ich wunderte mich schon wieder. Warum wollte Ricco das denn jetzt wissen? »Hast du noch dein Gehirn zur Reparatur bei ihm, oder was?«, hätte ich gern gefragt, um ihn ein bisschen zu verarschen. Aber das konnte ich Ma nicht antun.

Ricco guckte trotzdem, als würde er gleich explodieren. Als hätte er das mit dem Gehirn gehört. Aber dann explodierte er doch nicht, sondern setzte sich zurück auf seinen Stuhl und sagte nur wieder: »Oh Scheiße!« Und dann zu mir: »Ist die Polizei gekommen?«

Ich erschrak. »Warum denn die Polizei?«

Jetzt explodierte Ricco doch noch. Er sprang wieder auf

und schrie mich an. »Ja, weil die vielleicht immer kommen, wenn einer plötzlich abkratzt, du Superhirn. Weil das könnte ja auch Mord sein?!« Er tippte mir mit dem Zeigefinger hart gegen die Stirn, und zwar genau auf die Stelle, wo der Gedankenstrahl immer hervorgeschossen war. Dann wiederholte er laut: »Mo-hord!«

»Der Papa macht Spaß«, rief Ma den Zwillingen vom Sofa aus zu. Sie stand auf und kam um den großen Sessel herum. »Die Polizei war aber wirklich da«, sagte sie leise zu mir, »weil: Die kommen bei sowas immer, da hat Ricco recht.«

»Haben sie was mitgenommen?«, wollte Ricco wissen.

Ma zuckte mit den Schultern. »Keine Ahnung.«

»Keine Ahnung!«, äffte Ricco Ma nach. »Dann überleg doch mal.«

Ma schüttelte den Kopf. »Ich war doch gar nicht dabei. Ich weiß das nur von Frau ...«

»Scheißegal. Hat diese Dingsda was von Durchsuchung gesagt? Ham die Bullen was mitgenommen?«

Devid schaute weinerlich, weil der Idiot so einen Stress verbreitete. Das bekam auch Ma mit. »Der Papa macht nur Spaß«, wiederholte sie.

»Pfff. Von wegen Spaß«, schnaubte Ricco und ließ sich zurück auf seinen Stuhl fallen. »Ich kenn doch die Bullen. Wenn die Bock haben, durchsuchen die jede Wohnung in der Türnicher!«

Mir wurde heiß. Denn das stimmte jetzt wahrscheinlich ausnahmsweise. Von der Polizei und was die so machte, hatte Ricco wirklich Ahnung, denn er war mit 20 oder so sogar schon mal im Gefängnis gewesen.

»Woran ist er denn überhaupt gestorben?« Die Frage ging an mich.

»Sein Herz ist einfach stehen geblieben«, antwortete Ma für mich und strich dem Idioten im Vorbeigehen über den Kopf.

Ricco zog den Kopf zwischen die *fass mich nicht an*-Schultern, als täte Streicheln weh. Er sah aus wie eine Schildkröte auf zwei Beinen, der Idiot.

»Und der wurde nicht ...?« Ricco fuhr sich mit dem ausgestreckten Zeigefinger über die Kehle und machte hinten im Hals *Krrk*. »Oder hat sich selber ...?« Wieder machte er das eklige *Krrk*-Geräusch.

»Hast du Hunger, Ricco-Schatz?«, rief Ma aus der Küche.

Ricco antwortete nicht. In Idiotensprache bedeutete das »Nein.« Ma fing trotzdem an, mit den Töpfen zu klappern.

»Herzstillstand, das ist natürlich ein schöner Tod«, sagte Ricco. Und dann wie zu sich selbst. »Kommt aber darauf an, was man gerade tut, wenn einem das Herz stehen bleibt.« Er stützte die Ellbogen auf den Tisch und holte den Kopf zwischen den Schultern hervor. »Stell dir mal vor, du malst gerade was, dann bleibt dir das Herz stehen und du knallst mit dem Auge in den Stift.« Riccos Stirn krachte auf die Tischplatte.

»Iiih!«, schrien die Zwillinge und pressten sich die Ketchup-Finger auf die Augen.

»Oder du sitzt auf dem Klo«, fuhr Ricco fort. Sein Oberkörper schnellte zurück an die Stuhllehne. »Dein Herz bleibt stehen und du fällst mit dem Arsch in deine eigene Scheiße!« Er ließ sich neben die Zwillinge auf den Boden fallen. »Und dann kommt das Klomonster und zieht ab.«

Die Zwillinge fingen an zu weinen. Ma kam aus der Küche, breitete die Arme aus und rief schon wieder: »Ach, der Papa macht doch nur Spaß, ihr Mäuse, kommt mal her.«

Die Zwillinge ließen sich von Ma trösten, während Ricco noch über seinen eigenen Witz lachte. Dann hörte er ganz plötzlich auf mit Lachen, als wäre ihm was Wichtiges eingefallen. Er beugte sich vor und zupfte ziemlich fest an den T-Shirts von seinen Kindern. »Wieso seid ihr überhaupt schon da? Kindergarten geht doch viel länger! Und wieso bist du noch im Bademantel?«, blaffte er mich an. »Wie kann man nur so faul sein? Das kommt davon, wenn man mit Russen rumhängt.«

Obwohl ich ihn dafür hasste, dass er immer so was über Lesya sagte, und obwohl ich eigentlich froh war, dass das Thema Fahrrad-Klose für Ricco durch war, fing ich wieder davon an. Ich musste einfach wissen, warum er das mit dem Mord gesagt hatte. Mord war das ja auf keinen Fall, was wir gemacht hatten. Das war Sterbehilfe gewesen. Und selbst die nur in Gedanken.

Hatte Ricco Lesya auch aus der Werkstatt kommen sehen? Sprach er deshalb von Mord? Mir wurde total heiß, ich musste den warmen Bademantel echt mal ausziehen.

»Fahrrad-Klose hat gerade Tims Vorderrad repariert, als sein Herz stehen blieb«, erklärte ich. »Er ist umgefallen und mit dem Kopf auf den Schraubstock geknallt. Ich finde das total okay. Fast besser, als von hinten erschossen zu werden, und garantiert besser, als mit dem Flugzeug abzustürzen oder vom Balkon zu springen oder zu ertrinken oder …« Ich hätte gern meine Hitliste der besten Todesarten von 1 bis 10 ein bisschen erläutert, aber Ma guckte so komisch, und darum hielt ich lieber wieder den Mund und hoffte, dass Ricco trotzdem sagen würde, was er mit der Mordsache gemeint hatte.

Die besten Todesarten

1. mit 30 oder so einfach einschlafen und nicht mehr aufwachen
2. plötzlicher Herzstillstand
3. mit Tabletten vergiftet werden, ohne dass man's vorher weiß
4. Stromschlag
5. von hinten plötzlich erschossen werden
6. von hinten plötzlich erstochen werden
7. mit dem Flugzeug abstürzen
8. mit dem Schiff untergehen
9. erfrieren
10. explodieren

Sich selber die Kehle durchschneiden hatte ich nicht auf die Liste geschrieben. Wer tat denn so was? Und wie kam Ricco darauf, dass Fahrrad-Klose dazu Lust gehabt hätte? Wie kam er überhaupt auf all diese Sachen, die er gerade gesagt hatte? Polizei. Mord. Selbstmord. Ich betrachtete Ricco weiter heimlich. Bei ihm konnte man wirklich nie wissen.

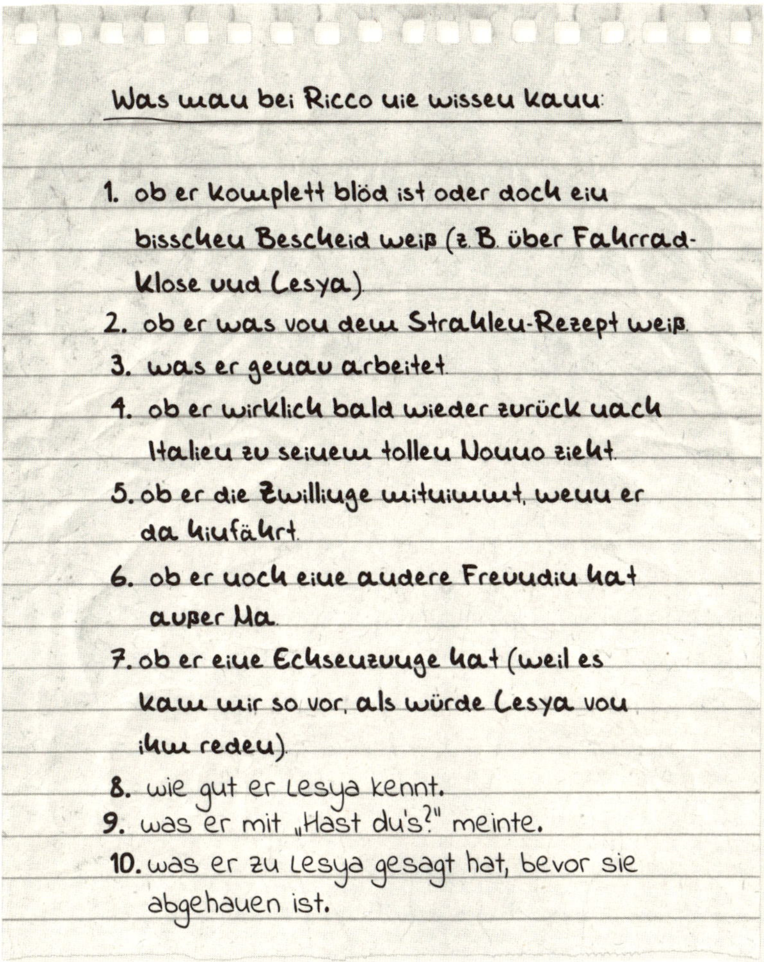

Was uau bei Ricco uie wisseu kauu:

1. ob er kouuplett blöd ist oder doch eiu bisscheu Bescheid weiß (z. B. über Fahrrad-Klose uud Lesya).
2. ob er was vou deuu Strahleu-Rezept weiß.
3. was er geuau arbeitet.
4. ob er wirklich bald wieder zurück uach Italieu zu seiueuu tolleu Nouuo zieht.
5. ob er die Zwilliuge uuituiuuuut, weuu er da hiufährt.
6. ob er uoch eiue audere Freuudiu hat außer Ma.
7. ob er eiue Echseuzuuge hat (weil es kauu uuir so vor, als würde Lesya vou ihuu redeu).
8. wie gut er Lesya kennt.
9. was er mit „Hast du's?" meinte.
10. was er zu Lesya gesagt hat, bevor sie abgehauen ist.

Bei Ma wusste man dagegen immer, woran man war. Ich hätte wetten können, dass sie mir jetzt, nur weil Ricco kurz vorm Austicken war und sich deshalb mal wieder nicht anständig um seine Kinder kümmern konnte, die Zwillinge aufs Auge drückte.

»Gehst du mit den Kleinen mal ein bisschen raus?«, fragte sie da auch schon. »Ich muss mich kurz hinlegen.«

»Aber Ricco ist doch da«, sagte ich. »Es sind seine Kinder!« Ich zeigte auf die Uhr am Fernseher. »Außerdem: Lesya kommt gleich. Wir wollten ...«

Ricco drehte sich zu mir um. »Wir wollten ... wir wollten ... Sag deiner Lesya mal lieber, sie soll nicht immer rumrennen wie Russendisko.«

»Ich finde auch«, sagte Ma, »du übertreibst ein bisschen mit dieser Lesya. Ihr seid ja nur noch zusammen!«

»Mama, bitte ...« Ich hatte mich den ganzen Vormittag darauf gefreut, mit Lesya ins Schwimmbad zu gehen. Weil Mirko nämlich auch da sein würde und mit den anderen Jungs vom Siebener sprang. Ich mochte es, wie er vom Siebener sprang. Er machte nie Arschbomben. Er übte das Gegenteil, beim Eintauchen so wenig Wasser wie möglich zu spritzen. Genau wie ich. Ich hatte nichts gegen Arschbomben, wenn andere sie machten. Aber ich fand, dass sie nicht zu mir passten. Vielleicht weil ich dafür nicht dick genug bin. Ich übte schon immer, also von Anfang an, so wenig Wasser wie möglich zu spritzen, denn das machten die bei Olympia schließlich auch. Heute wollte ich vielleicht einen Handstandüberschlag probieren. Wenn man das vom Dreier und Fünfer konnte, und das konnte ich schon lange, würde das auch vom Siebener gehen. Ein bisschen wollte ich das auch für Mirko machen. Weil: Ich hatte das Gefühl, dass er seine Schrauben und alle anderen Sprünge auch ein bisschen für mich machte. Wir waren so was wie Komplizen, heimlich dazu verabredet, auf unsere eigene Art zu springen.

Ich hatte also null Zeit für die Zwillinge.

Und jetzt kam noch die Sache mit Fahrrad-Klose dazu. Ich musste mit Lesya reden, über gestern Abend und auch über das, was Ricco gesagt hatte.

Vielleicht mussten wir tatsächlich Spuren beseitigen, die zu uns führten. Der Ausdruck von dem Rezept. Wo war der?

Und meine Todes-Liste.

Würde die Polizei wirklich in allen Wohnungen nach Hinweisen suchen?

Dann müssten die Ordner auch weg.

Aber wohin?

Vorsichtshalber könnte ich wenigstens die Todes-Liste mitnehmen.

»Ich komm gleich wieder«, sagte ich, lief schnell in mein Zimmer und zog mich an. Dann holte ich den Ordner T–Z unterm Bett hervor. Ich hatte natürlich ein alphabetisches Register, damit ich die Listen auch fand, wenn ich sie mal brauchte oder Lust hatte, eine bestimmte zu lesen.

Ich fand die Todes-Liste ganz schnell.

Ich kam mir vor wie ein Profi. Ein Listen-Profi. Ich musste nur unter T nachgucken, wo die Todes-Liste zwischen der »Liste der 10 Zuchtvorteile vom Westfälischen Totleger« und der «Liste von den 10 Lieblingstieren« klemmte.

Ich heftete die Liste ganz ordentlich aus, faltete das Blatt zweimal und schob es mir in die hintere Jeanstasche. Dann legte ich den Ordner auf den Boden und stieß ihn mit dem Fuß zurück unters Bett.

Als ich wieder ins Wohnzimmer kam, machte Ricco gleich weiter: »Na, wird's bald? Ich brauch Ruhe, ich muss nachdenken.« Er glotzte mich triumphierend an, weil er jetzt schon wusste, dass er mal wieder gewinnen würde und ließ sich breitbeinig aufs Sofa fallen.

»Und deine Russenfreundin«, blökte er mir entgegen, »auf die würde ich mich an deiner Stelle mal nicht so blind verlassen. Weil die ist sowieso bald wieder weg. Die schieben sie ab, wetten? Pass mal lieber auf und verlieb dich nicht zu dolle in sie. Die nutzt dich nur aus. Merkste nich?« Er wedelte mit der Hand durch die Luft. »Pah«, machte er. »Kann mir ja auch egal sein.« Dann befahl er: »Dalli, Abmarsch, aber pronto.«

Als hätte er mir was zu sagen.

Als könnte er Italienisch.

Als wüsste er irgendwas von Lesya. Oder von mir und Lesya.

Einen Kloß behielt ich von seinem Gequatsche aber trotzdem im Hals. Ma hakte mich unter und führte mich aus dem Wohnzimmer. »Sei ein Schatz«, flüsterte sie. »Du warst die ganzen Sommerferien über mit dieser Lesya zusammen. Du könntest dich ruhig ein bisschen mehr um deine Familie kümmern. Ich würde mich wirklich gern ein wenig hinlegen, bevor ich zur Spätschicht muss. Und Ricco muss gleich wieder weg, hat er gesagt.«

»Genau«, brüllte Ricco, der trotz des Flüsterns alles verstanden hatte. »In Deutschland muss man nämlich für sein Geld arbeiten. Sag das mal deiner Russin.«

Ich hätte Ricco so was von gern zurückangebrüllt. Und zwar, dass Lesya und Tante Saskia zehnmal fleißiger waren als er. Dass Tante Saskia praktisch ununterbrochen arbeitete! Oft sogar nachts. Dass er selbst es war, der meistens auf dem Sofa herumhing, nichts auf die Kette kriegte und Ma und mir immer seine Zwillinge aufs Auge drückte. Und dass Lesya gar keine Russin war, sondern eine Ukrainerin und wo die bitte arbeiten sollte mit 13.

Aber ich durfte ihn nicht anbrüllen. Dann würde es garantiert ganz schlimm werden, was bedeutete, dass er wieder Sachen aus dem Fenster warf oder Ma schubste.

»Der ist so ein Vollidiot«, zischte ich Ma an. »Wieso lässt du dir das gefallen?« Ich drehte mich weg und konnte es kaum aushalten, Ma anzugucken, wie sie mich so von unten anlächelte, damit ich machte, was dieser Idiot wollte.

Was ich an Ma und Ricco am wenigstens verstand, das war, dass Ma früher mit Pa zusammen gewesen war. Wie konnte das sein, dass man sich zuerst in meinen *liebsten, besten, schlausten* Pa verliebte und danach in einen Betrügeridioten wie Bobby Bäng und danach in so einen Idiotenidioten wie Ricco? Darüber nachzudenken war nicht besonders angenehm, weil ich dabei an Ma in Kombination mit Ricco denken musste. Ich musste mir vorstellen, wie sie sich vielleicht küssten und so, was so ekelhaft war, dass ich mich danach auch eine Weile vor Ma ekelte. Ich zwang mich aber trotzdem dazu, darüber nachzudenken, und zwar so lange, bis ich eine Liste mit 10 Gründen zusammenhatte. Erst dann wusste ich, dass ich lange genug darüber nachgedacht hatte, die Liste abheften konnte und nie wieder über Ma in Kombination mit Ricco nachdenken müsste, solange nicht irgendwas passierte, was mir einen neuen Grund fürs Nachdenken lieferte.

10 mögliche Gründe dafür, dass Ma mit Ricco zusammen ist

1. Sie findet keinen anderen und will nur nicht allein sein.
2. Sie steht unter Schock, seitdem Pa tot ist.
3. Sie kann nicht mehr richtig denken und fühlen wegen dem Zucker.
4. Pa war gar nicht wirklich Bester, Liebster, Schlauster?
5. Sie liebt die Zwillinge, aber nicht Ricco.
6. Weil er sie zum Lachen bringt und sie vom Lachen alles vergisst.
7. Weil Ricco gut aussieht (das sagen jedenfalls alle. Er ist groß, hat schwarze Haare und grüne Augen und voll viele Muskeln. Ich finde, seine Muskeln sehen aus wie ein Panzer und er wie eine Schildkröte).
8. Sie weiß es selbst nicht.
9. Sie hat sich vertan.
10. Damit es ihr jetzt schlecht gehen kann.

Ma lacht …

1. wenn Ricco Essen vom Chinesen holt und spricht wie Hop-Sing.
2. wenn Ricco tanzt.
3. wenn Ricco mit den Zwillingen spielt.
4. wenn Ricco beim Ausflug seine Kinder trägt.
5. wenn Ricco richtige Arbeit hat.
6. wenn Ricco zu Marilena „Wollmaus" (wegen ihrer Haare) und zu Devid „Erdmännchen" (wegen seiner Augen) sagt.
7. wenn Ricco den Witz mit der Erdbeere und der Tomate erzählt.
8. wenn Ricco Mama Blumen schenkt (bisher einmal).
9. wenn ich mich neben Ricco und sie aufs Sofa setze (was ich aber jetzt nicht mehr mache).
10. wenn die Zwillinge dann auch noch aufs Sofa kommen und wir so aussehen wie eine richtige Familie.

Ma folgte mir in mein Zimmer und nahm mein Gesicht in beide Hände. »Du bist doch mein Sonnenschein.«

»Aber ich will mit Lesya ins Schwimmbad. Und danach kochen wir bei ihr.«

Die Zwillinge kamen aus ihrem Zimmer gerannt. Sie klatschten in die Hände. »Schwimmen, au ja, schwimmen!«

»Nein, ihr nicht«, sagte ich. »*Ich* gehe ins Schwimmbad.«

»Muss das sein?« Ma bekam sofort ihr *Hoffentlich geht das gut*-Gesicht.

Ich stöhnte.

»Aber du passt bitte auf, ja?!«

Das sagte Ma immer, wenn ich ins Schwimmbad ging. Jedes Mal. Obwohl ich im Sommer fast jeden Tag ins Schwimmbad ging und noch nie etwas passiert war.

»Spring nicht vom Zehner, versprich mir das!«

»Ja, nee, mach ich nicht«, antwortete ich aus Gewohnheit. Aber in Wahrheit hörte ich gar nicht mehr richtig hin. Ich dachte in dem Moment daran, dass Lesya gesagt hatte, sie würde schon dafür sorgen, dass wir heute den Hauttest machen müssten, Mirko und ich. Das fand ich voll beste Freundin. Das war genau das, was wir unter Punkt 5 auf die »Für immer Beste Freundin«-Liste geschrieben hatten: Sich was Schönes für die andere ausdenken, als Freundschaftsbeweis.

»Komm, ich pack dir die Tasche«, sagte Ma und steuerte schon aufs Badezimmer zu, wo die Schwimmsachen auf dem Wäschereck hingen.

»Nee, ich mach das schon«, sagte ich schnell. Ich musste nämlich noch überlegen, ob ich besser den Badeanzug oder den neuen Bikini anzog, obwohl ich jetzt eigentlich überhaupt nicht daran denken konnte. In meinem Kopf war nur noch Platz für zwei Wörter. Mord und Polizei. Ich konzentrierte mich, so gut es ging: Im Bikini sah man meinen Busen besser, aber dafür auch meinen riesigen Leberfleck am Bauch. Im Badeanzug hatte ich fast gar keinen Busen, weil der alles platt drückte – der Badeanzug war mir ein bisschen zu kurz –, aber dafür war der Leberfleck verdeckt.

Ich stopfte ein großes Handtuch in den Rucksack und nahm meinen Bikini vom Wäscheständer. Die ganze Zeit über spürte ich Mas Blicke im Rücken. Ich stöhnte und drehte mich um. »Na gut«, sagte ich. »Aber nur, bis wir ins Schwimmbad gehen!«

Ma lächelte und warf mir eine Kusshand zu.

»Wascht euch mal die Ketchup-Hände und das Gesicht«, rief ich den Zwillingen über den Flur zu und dachte: Beim letzten Mal hatte ich im Schwimmbad den Badeanzug an und da hat Mirko mich wieder kein einziges Mal ins Wasser geworfen. Das hat viel mehr wehgetan als das Tock-Tock vom Idioten-Zeigefinger da eben auf meiner Stirn. Weil man von Ricco sowieso nichts Gutes zu erwarten hatte. Von Mirko aber schon.

Mirko hatte steinbraune Waldaugen; je länger man hineinschaute, umso weicher und wärmer wurden sie. Und umso weicher und wärmer wurde man auch selbst. Als wüchse in einem drinnen Samt. Außerdem war Mirko magnetisch.

Wenn er in der Schule an mir vorbeiging, musste ich mich sehr anstrengen, um ihm nicht einfach hinterherzulaufen. Wenn wir in der Pause hintereinanderstanden, in der Schlange vor dem Kiosk zum Beispiel, wollte sich alles in mir an ihn lehnen. Dann konnte ich ihn riechen, und wenn ich ganz nah hinter ihm stand, konnte ich sogar sehen, wie er atmete unter der Jacke. Ich liebte ihn dafür, dass er so atmete.

Aber das sagte ich ihm natürlich nicht. Denn das würde der Liebe schaden. Wenn man beim Fernsehgucken gut aufpasste, kriegte man raus, was der Liebe sonst noch schadet:

Was der Liebe schadet

1. Dauernd sagen: Ich liebe dich
2. Sich den Magnetismus anmerken lassen und dem anderen zum Beispiel nachlaufen oder sich an ihn dranlehnen
3. Fremdgehen
4. Kein Geld verdienen, also arbeitslos sein
5. Dick sein (die Dicken in Filmen sind fast immer nur Kumpel)
6. Schon Kinder haben, bevor die Liebe losgeht
7. Eine Nutte sein
8. Immer gehorchen
9. Oft weinen
10. Zu lieb sein

Lesya fand das bescheuert. Also nicht die Liste, sondern dass ich nichts sagte. Sie meinte, ich sollte Mirko unbedingt sagen, wie sehr ich ihn mochte. Und wenn ich es nicht sagen wollte, sollte ich es ihm wenigstens zeigen. Als ich *Wie denn?* fragte, zuckte sie nur mit den Schultern und meinte, er wüsste es wahrscheinlich sowieso und er würde auch voll auf mich stehen, weil er nämlich immer ausgerechnet dann zum Siebenmeterturm gucken würde, wenn ich runtersprang, und dass er garantiert schon mitbekommen hätte, dass ich von allen Mädchen die beste und coolste Siebenmeterturmspringerin war, weil ich nämlich nicht immer so ein Theater von wegen soll ich oder soll ich nicht machen würde, bevor ich spränge, und dass er immer irgendwie stolz lächeln würde, wenn ich nach dem Springen wieder auftauchte, und überhaupt auch so immer zu mir gucken würde, wenn ich nicht guckte, so wie ich zu ihm guckte, wenn er nicht guckte. Und dass wir beide so gut darin wären, heimlich zu gucken, dass wir es wohl echt nicht merken würden, wie der andere immer guckte, aber dass unsere Gefühle trotzdem durch die Luft gingen wie Strom oder wie Strahlen. Und wenn ich dann fragte, warum er mich nicht auch mal ins Wasser werfen würde, dann sagte sie, weil er Angst vor dem Hauttest hat, genau wie du.

Und ich freute mich darüber, dass sie das sagte, weil ich das ja auch schon gespürt hatte und weil das, was sie Strom oder Strahlen nannte, für mich eben der Magnet war. Und trotzdem konnte das mit dem Magneten auch von was ganz anderem kommen. Nämlich davon, dass Mirko mit seinen zwei kleinen Brüdern und seinen Eltern jetzt in »unserem« Haus wohnte, weil, als wir vor fünf Jahren ausziehen mussten, ausgerechnet seine Eltern es hatten mieten wollen. Ich stellte mir gern vor, dass Mirko in meinem alten Zimmer mit dem Balkon schlief und dass noch Strahlung von mir in dem Zimmer war, die in Mirko reinfloss, und dass er deshalb magnetisch für mich war. Und dann fiel mir jedes Mal ein, dass ich aber leider nicht magnetisch für ihn sein konnte, weil ich ja keine Strahlen von ihm in mir hatte.

Außerdem war Mirko schon in der Achten und Jungs aus der Achten beachteten Sechstklässlerinnen eigentlich nicht.

Ich überlegte, ob das Tragen von meinem neuen Herzchen-Bikini als so etwas Ähnliches wie eine Liebeserklärung verstanden werden konnte. Allerdings waren die Herzchen sehr klein, und Mirko würde sie wahrscheinlich gar nicht als Herzchen erkennen, zumindest nicht, wenn er mich auch heute nicht ins Wasser warf, denn aus einer Entfernung, die größer war als Mirkos Arme lang, sahen die Bikini-Herzchen aus wie Punkte. Das hatte ich im Spiegel überprüft.

Da ich mir aber ja wünschte, dass er mich endlich mal ins Wasser warf, musste ich auch damit rechnen, dass er die Punkte als das erkannte, was sie waren: Herzchen. Würde er dann vielleicht glauben, die Herzchen auf dem Bikini drückten meine Sehnsucht aus? Oder noch schlimmer: die seien für ihn da drauf? Lesya würde zu dieser Frage nur mit den Schultern zucken. Und vielleicht wieder den Satz sagen, den ich auf die Liste mit meinen Lieblingssätzen geschrieben hatte. »Zwischen euch ist Strom!«

Ich holte den gelben Badeanzug in meinem Zimmer aus dem Schrank, betrachtete abwechselnd ihn und den Bikini und stopfte die Herzchen schließlich in den Unterwäsche-Schuhkarton zurück. Ich ging lieber mit dem Badeanzug auf Nummer sicher.

Als es klingelte, rannten die Zwillinge zur Tür und drückten den Summer.

»Wir gehen runter, kommt«, sagte ich und schob die Kinder vor mir her. »Wir schaukeln ein bisschen mit Lesya.«

Dann, bevor ich die Wohnung verließ, drehte ich mich noch mal zur geschlossenen Wohnzimmertür um, hinter der Ricco seine Ballerspiele spielte: »Und das nennst du jetzt nachdenken, oder was?«, sagte ich. Aber das hörte der Idiot natürlich nicht, denn ich sagte es leise.

LESYA

Heute trug Lesya eine weiße Bluse mit gestickten Blumen auf den Ärmeln und einem Gummizug am Hals. Die liebte sie über alles und wusch sie dreimal die Woche, nämlich immer direkt nachdem sie sie angehabt hatte. Dazu hatte sie einen alten weiten roten Rock von mir an, von dem sie ein Stück abgeschnitten hatte, damit er mini war. Ihre Haare fielen offen über ihren Rücken bis zum Blusensaum. Die Füße steckten in hohen Schuhen, heute so eine Art Espadrilles mit Absatz zum Schnüren in Pink. Ich trug Sneakers und war trotzdem größer als sie. »Hast du schon gehört?«, platzte ich heraus.

Lesya nickte. »Er ist tot.« Sie schloss für einen Moment die Augen. Dann nahm sie meine Hand, zog mich ein Stück zu sich hinunter und hauchte mir mit Knäckebrot-Atem ein dunkles *Dyakyu* ins Ohr. Das war Danke auf Ukrainisch und klang so schön, wenn Lesya es sagte. Sie sprach das Wort ganz langsam, fast ohne die Lippen zu bewegen, ruhte sich immer ein bisschen auf den Ys aus und hauchte das U mit spitzen Lippen.

»Jetzt kann mir nichts mehr passieren. Ich kann bleiben und warten, dass meine Eltern rauskommen.« Sie lachte, wischte sich dabei aber schnell eine Träne weg. »Danke, dass du mir geholfen hast.« Lesya schnäuzte sich. Sie machte sich natürlich irre Sorgen um ihre Eltern, die mittlerweile beide in Kiew im Gefängnis saßen. 9 und 8 Wochen waren sie schon eingesperrt. Lesya tat mir so dermaßen leid. Sie hatte zwar Tante Saskia und sie hatte mich und sie war in Sicherheit. Sie würde nicht zurück in die Ukraine müssen, weil Fahrrad-Klose tot war. Aber trotzdem: Sie konnte noch nicht einmal mit ihren Eltern telefonieren.

Ich musste meinen Kopf nur ein wenig drehen, um mit meiner Wange über ihre Schläfe zu streichen und ihr direkt ins Ohr zu flüstern. Mein Herz schlug laut, als ich sie endlich fragen konnte: »Was hast du denn gestern Abend bei Klose in der Werkstatt gemacht?«

Ich spürte Lesyas Atem an meinem Hals, der plötzlich schneller ging. Und ich dachte an einen Sommerwind, der vor einem Gewitter dunkel über Wiesen weht. »Ricco meinte, das könnte auch Mord gewesen sein«, sagte ich.

Leider drängten sich die Zwillinge ausgerechnet jetzt zwischen uns, sonst hätte Lesya antworten können. So drehte sie nur den Kopf und flüsterte: »Später!«

Ich hob Marilena auf die eine, Lesya hob Devid auf die andere Schaukel. Wir stellten uns hinter die Kinder und schubsten sie an, als wäre nie von Mord die Rede gewesen. Oder von Schwimmbad. Ich hätte Lesya gern zugelächelt, sie angezwinkert, um ihr zu sagen, wie dankbar ich ihr war. Dafür, dass sie jetzt nicht rumzickte von wegen, wir wollten doch ins Schwimmbad, was schleppst du denn schon wieder die Zwillinge an; aber Lesya guckte stur geradeaus. Ich konnte ihr nicht danken.

Das war wirklich das Beste an Lesya. Dass man ihr selten etwas erklären musste. Die Dinge passierten einfach, eins ergab sich und dann das nächste und alles war immer gut. Mindestens.

Was man Lesya alles nicht erklären muss:

1. dass Ricco bei uns wohnt.
2. warum sie meine beste Freundin ist.
3. dass ich mich so oft um die Zwillinge kümmern muss, obwohl das Riccos Kinder sind.
4. dass Mama sich von diesem Idioten alles gefallen lässt.
5. ~~dass sie besser nicht mit zu mir kommt, wenn der Idiot da ist, weil der irgendwas gegen sie hat, obwohl das im Grunde nicht gegen sie ist, weil der eigentlich gegen alle was hat.~~ dass das Rph für mich kein Problem ist (von der Entfernung her).
6. dass gute Noten gegen Zucker helfen.
7. warum ich nicht vom Zehner springen ~~kann~~ konnte
8. dass ich vom Zehner gesprungen bin.
9. dass ich verstehe, warum sie mir das mit Ricco nicht gesagt hat.
10. dass es jetzt trotzdem nicht mehr so ist wie vorher.

Ich hatte mir sofort gewünscht, dass Lesya meine Freundin werden würde. Direkt als sie eines Tages, ungefähr 6 Wochen vor den Sommerferien, vorn neben Frau Macken gestanden hatte und so peinlich vorgestellt worden war, mit Name und Alter und der Bitte, die Klasse möge die neue »Klassenkameradin gut aufnehmen, weil sie sich in Deutschland nicht auskennt und damit sie noch besser Deutsch lernen kann«, hatte ich es mir gewünscht.

Normalerweise interessierten wir uns für die, die nur kurz blieben, nicht so besonders. Wir hatten manchmal Kirmes- oder Zirkuskinder in unserer Klasse, die nur eine oder zwei Wochen blieben. Mit denen hatte eigentlich nie irgendjemand was zu tun. Wir stellten die üblichen neugierigen Fragen, von wegen, kannst du Polnisch/Kroatisch/Türkisch/Albanisch oder hast du Geschwister? Aber eigentlich interessierte sich für die Neuen kein Mensch. Ich sowieso nicht.

Bei Lesya war das anders.

Obwohl Frau Macken gesagt hatte, dass Lesya aus einer deutschen Schule in Kiew wäre und sie dort sehr gut Deutsch gelernt hätte und dass dort jetzt Ferien seien und Lesya deshalb zwei Wochen Sprachurlaub bei uns machen würde, hatte ich nicht aufhören können, Lesya anzuschauen, als sie da vorne stand, schlank und zerbrechlich irgendwie, in einer Art wadenlanger Pumphose, wie keine andere sie trug und über die trotzdem niemand lachte. Ihre Augen nahmen alles und jeden fest in den Blick. Das Gesicht war blass, die Schultern waren breit wie die einer Schwimmerin, darüber fielen die Zöpfe wie sonnengebleichte Taue. Lesya sah zerbrechlich aus UND wild – wie eine Nixe auf Landgang vielleicht.

Den anderen ging es scheinbar ähnlich wie mir. Gleich 3 Mädchen hatten aufgezeigt, als für Lesya ein Platz gefunden werden sollte, aber Lesya war zu mir gekommen, obwohl ich nicht aufgezeigt hatte. Wir hatten uns zugenickt, wie zwei, die sich schon lange kannten, und so hatte unsere Freundschaft begonnen. Selbstverständlich und ohne Armbänder, Halsketten oder Treueschwüre. Und obwohl wir uns überhaupt nicht ähnlich sahen. Dabei sahen Freundinnen einander immer ähnlich. Jedenfalls war das bei den Mädchen in meiner Klasse so, die beste Freundinnen waren.

Das passierte wahrscheinlich automatisch, weil die beiden Mädchen die ganze Zeit über miteinander abhingen, dieselben Bücher lasen, dieselben Serien guckten, dieselbe Musik hörten. Sie hatten irgendwann immer denselben Geschmack, was man dann natürlich sofort am Äußeren sah.

Elvy und Ruby zum Beispiel hatten immer exakt dieselbe Frisur. Sie sah aus wie die von Ariana Grande. Lange braune Haare, die ganz oben auf dem Kopf zu einem Pferdeschwanz gebunden waren und von dort aus bis zwischen die Schulterblätter fielen.

Obwohl ich mir sehr dringend eine beste Freundin wünschte, hatte ich noch nie Lust gehabt, denselben Geschmack wie irgendjemand zu haben oder so auszusehen wie ein anderes Mädchen, und das änderte sich auch nicht, als Lesya in die Klasse kam, denn ich wollte zwar sofort Lesyas Freundin sein, ich wollte aber gleichzeitig nicht so aussehen wie sie. Weil ich erkannte, dass schon der Versuch total idiotisch wäre. Einfach komplett daneben, peinlich, so als hätte man keine Ahnung von nichts.

Lesya war etwas Besonderes, so etwas wie ein Einzelstück, eine Sonderanfertigung, sie passte nicht in unsere Schule, sie passte wahrscheinlich in überhaupt keine Schule. Sie landete wie eine Außerirdische neben mir in der 6c. Sie war ein Puzzlestück im falschen Karton. Genau wie ich. Nur einen Kopf kleiner und ein halbes Jahr älter.

Vielleicht entschied ich mich also für Lesya, weil es in dem Moment und bis in alle Ewigkeit unmöglich war, dass wir zwei uns irgendwann mal ähnlich sahen. Ich würde meine Jeans noch tausend Jahre lieben und tragen und auf keinen Fall mit einer Pumphose à la Lesya tauschen wollen, von der ich sowieso nicht wusste, wo man die kaufen konnte. Und da ich hohe Schuhe, wie Lesya sie oft trug, eigentlich total hasste, weil ich damit noch größer wäre, kämen die für mich sowieso niemals infrage. Ich trug Turnschuhe. Immer.

Auch Frau Macken erkannte offenbar, dass Lesya anders war. Jedenfalls ließ sie sie immer in Ruhe, wenn sie mal nicht aufpasste, sondern plötzlich mitten im Unterricht ein Skizzenbuch mit schwarzem Einband herausholte, es auf den Tisch legte und anfing zu malen, statt abzuschreiben oder wenigstens abzufotografieren, was an der Tafel stand. Bestimmt lag es aber auch daran, dass Lesya nur 2 Wochen bleiben sollte und es bei ihr auch nur ums Deutschlernen ging, was aber überflüssig war, weil sie sowieso fast perfekt Deutsch konnte.

Wenn Lesya malte, dann immer mit verschieden dicken schwarzen Filzstiften. Sie malte Schwünge und Kreise, Punkte und Linien über eine ganze Doppelseite und hörte damit nicht auf, bis die ganze Doppelseite voll war. Sie sprach währenddessen nicht, meldete sich nicht, tat noch nicht einmal so, als würde sie aufpassen oder wenigstens irgendwie mitkriegen, dass sie in einem Klassenzimmer mit anderen zusammensaß.

Wenn Lesya mit einem Bild fertig war, betrachtete sie ihr Werk, lächelte zufrieden und rückte es ein bisschen in meine Richtung.

Am ersten Tag waren aus den Linien und Kreisen Blätter und Blumen rankender Pflanzen geworden, die wie vom Wind bewegt auf der rechten Seite nach links, auf der linken Seite nach rechts geweht wurden und sich in der Mitte, dort, wo das Skizzenbuch geheftet war, trafen. Es sah aus, als würden die Pflanzen ins Buch hineinwuchern. Unheimlich irgendwie und geheimnisvoll. Ich beugte mich tiefer über das Bild. Und erkannte, dass Lesya in vielen Blättern Gesichter versteckt hatte. Mädchengesichter mit Haaren wie Taue.

Das fand ich so besonders, dass ich ab diesem Tag eine Liste über Lesya und ihre Besonderheiten führte.

Dass Lesya so einen besonderen Geschmack in Sachen Klamotten hatte, lag meiner Meinung nach natürlich daran, dass sie aus der Ukraine war, und daran, dass ihre Eltern berühmte Journalisten waren, die wahrscheinlich andauernd auf tollen Partys eingeladen waren, zu denen Lesya mitging.

Kurz nachdem sie das Höhlenbild für Fahrrad-Klose gemalt hatte und einen Tag, bevor sie eigentlich wieder nach Hause fahren sollte, sagte ich ihr das auch. Ich wollte ihr eine Freude machen. Zum Abschied. Wir standen auf dem Schulhof und hatten eine Freistunde, weil Herr Belem krank war. Sport fiel aus. Und Lesya hatte eine Trainingsjacke an, auf die Streifen aus Blumenstoff genäht waren, was überhaupt nicht zusammenpasste, aber trotzdem total super aussah. Ich fragte sie, woher sie die Jacke hätte und ob man die in der Ukraine kaufen könnte oder ob die selbst gemacht wäre und ob sie noch mehr so coole Sachen hätte und überhaupt, dass ich fände, dass sie einen tollen Geschmack hätte. Da guckte sie mich erst lächelnd an, dann machte sie den Mund auf, aber es kam kein Ton heraus. Ihre Augenlider begannen zu flattern, als wollten sie wegfliegen, und dann drehte Lesya sich weg und fing an zu weinen.

Liste mit den 10 besonderen Besonderheiten an Lesya

1. Lesya riecht wie Blumenwind.
2. Lesya ist in einem Bus allein aus der Ukraine gekommen.
3. Lesya kann ich alles sagen, aber ich muss ihr nichts erklären.
4. Lesya ist Höhlenmalerin.
5. Lesyas Eltern sitzen im Gefängnis.
6. Wie Lesya sich anzieht.
7. Lesya hat Haare wie Seile.
8. Lesya hat die dunkelste Mädchenstimme von allen.
9. Lesya kann ~~nicht lügen~~ doch lügen.
10. Lesya kann in der Wohnung machen, was sie will.

Die anderen aus unserer Klasse guckten neugierig und deshalb legte ich Lesya einen Arm um die Schultern und führte sie zum Kiosk. Ich kaufte uns einen Kakao und hielt ihn Lesya hin. Sie trank einen Schluck und dann erzählte sie: dass man ihren Vater verhaftet hätte, weil er seine Meinung zum Krieg zwischen der Ukraine und Russland gesagt hätte, besser gesagt: Er hatte einen Film über Kriegsdienstverweigerung gedreht. Mehr nicht. Nix geklaut oder irgendwem wehgetan. Der Vater hatte nur ein Video gedreht, in dem er gesagt hat, dass er nicht im Krieg kämpfen wollte, der gerade in der Ukraine herrscht. Und dass er lieber 5 Jahre im Gefängnis sitzen würde, als auf seine eigenen Landsleute zu schießen.

»5 Jahre?«, hatte ich gefragt.

Lesya fing wieder an zu weinen. »Meine Mutter hat gesagt, ich soll nicht zurückkommen. Ich soll hierbleiben und warten, bis sich die Lage beruhigt hat.«

Und dann erzählte sie die ganze Geschichte von Russland und der Ukraine und der Krim und von Putin, die ich auf Anhieb gar nicht verstand, weil alles so kompliziert war.

»Kannst du denn bei Tante Saskia bleiben?«, fragte ich vorsichtig. Lesya nickte. »Sie sagt, das ist kein Problem. Mein Visum gilt ja noch.« Ich strich ihr übers Haar. Ich hätte gern noch viel mehr gefragt, zum Beispiel: Was macht denn deine Mutter jetzt? Kannst du nicht zu der? Aber das traute ich mich nicht. Ich wollte Lesya nicht noch trauriger machen.

An dem Tag dachte ich zum ersten Mal, dass Lesya Gedanken lesen konnte. Sie sagte nämlich von sich aus, also ohne dass ich danach fragen musste: »Meine Mutter schreibt jetzt einen Artikel darüber. Man wird sie auch verhaften.«

Ich schluckte. »Warum macht sie das?«

Lesya schaute mich nicht an, als sie antwortete: »Weil sie nicht anders kann. Sie kämpft für Gerechtigkeit. Immer.«

Und dich lässt sie dafür im Stich, hätte ich am liebsten gesagt. Aber natürlich sagte ich wieder nichts.

Aber Ma erzählte ich davon. Sie fand Frau Zwetkow sehr mutig und meinte, das müsste eine tolle Frau sein und dass sie das bestimmt nicht könnte. Für sie wäre ich das Allerwichtigste und sie würde für keinen Mann der Welt ins Gefängnis gehen und mich allein lassen. Und dann nahm sie mich in den Arm, was sich nach einer Weile aber so anfühlte, als würde ich sie in den Arm nehmen, dann holte sie ein paar Anziehsachen aus dem Keller, die mir zu klein geworden waren, und tat sie in eine große Mülltüte, die ich Lesya geben sollte. Und sie backte einen Apfelkuchen und gab mir auch den.

Als Lesya anfing, meine Klamotten anzuziehen, sah es aus, als hätte sie plötzlich meinen Geschmack, so wie das bei besten Freundinnen normal war. Aber in unserem Fall war das Quatsch. Mit Geschmack hatte das nichts zu tun. Lesya hatte keine andere Wahl, als meine Sachen anzuziehen, weil sie nur Klamotten für 2 Wochen dabeihatte. Irgendwann erklärte Frau Macken das auch den anderen. Weil Lesya nach ihren Sprachferien aus verschiedenen Gründen nicht zurück nach Kiew fahren könnte, so drückte sie das aus, würde sie hierbleiben, »erst mal«, um dann noch hinterherzuschieben: »Wir drücken deinem Vater die Daumen«, woraufhin Lesya nur stumm genickt und die Klasse verlassen hatte.

»Ich habe gestern wieder von 8 bis 9 daran gedacht«, sagte ich leise. »Weißt du, wann genau er ...?« Ich guckte auf Marilenas Kinderrücken, der vor und zurück schwang. »Du weißt schon.«

Lesya zuckte mit den Schultern. »Ist egal. Wir waren das doch zusammen.«

»Was wart ihr zusammen?«, erkundigte sich Devid.

»Nichts«, blaffte ich ihn an.

Die Zwillinge durften keinen Wind von der Sache bekommen. Sie würden das nicht richtig verstehen und irgendeinen Blödsinn in die Welt hinausposaunen. Lesya hatte recht. Wir mussten später darüber sprechen. Sonst würden wir am Ende wirklich noch wegen Mordes verhaftet. Die Polizei käme, und wir müssten in den Knast, und zwar in den Kinderknast, weil wir ja erst 13 und fast 13 waren.

»Wir müssen jetzt los«, sagte ich zu den Zwillingen. Ich packte die Seile der Schaukel. »Stopp!«

Marilena strampelte mit den Beinen. »Weiter schaukeln«, rief sie. »Weiter schaukeln!«

»Die 10 Minuten sind aber vorbei.« Ich packte Marilena von hinten unter den Armen und versuchte, sie von der Schaukel zu ziehen. Aber Marilena klemmte sich das Schaukelbrett blitzschnell in die Kniekehlen und ließ auch nicht locker, als ich damit drohte, sie fallen zu lassen. »Machste eh nich«, rief sie frech.

»Ich fahr mit Papa«, verkündete Devid und sprang plötzlich von der Schaukel.

Ich sah auf. Ricco ging gerade zu den Parkbuchten vorm Haus. Dabei hielt er seinen Autoschlüssel in die Luft und schüttelte ihn wie eine Glocke. Na, da hat er ja echt lange nachgedacht, ärgerte ich mich.

»Ich fahr auch mit Papa!«, rief Marilena. Fast wäre ich mit ihr hingefallen, weil sie ganz plötzlich Schaukelbrett und Seile losließ und mir entgegenrutschte.

Ich sah den Zwillingen nach, die auf ihren Vater zurasten. »Super. Der Idiot nimmt sie mit. Wenn er weg ist, können wir los.«

Ricco klemmte sich beide Kinder, eins rechts, eins links, unter die Arme, drehte sich wie ein Karussell mehrmals um sich selbst, stellte die Kichererbsen wieder ab und glotzte zu uns rüber, als erwartete er Applaus für ein Kunststück.

Ich schnaubte nur.

Ricco setzte sich langsam in Bewegung und kam auf uns zu. Die Zwillinge tanzten um ihn herum. Der Idiot guckte beim Gehen aus seinen Schildkrötenaugen immer nach rechts und links, als hätte er Angst vor einem Überfall oder als würde er noch überlegen, ob er nicht besser woanders hingehen sollte als zu uns.

Ich flehte inständig, dass er wirklich noch abdrehte oder wenn er schon mit uns sprechen musste, wenigstens nicht wieder von Fahrrad-Klose anfinge. Denn dann würde Lesya bestimmt weinen müssen, weil der Tod und die Erleichterung und überhaupt alles ja noch ganz frisch waren, und Ricco, der Idiot, würde garantiert irgendwelche blöden Witze machen über das Weinen, so von wegen, ob Lesya so traurig wäre, weil der Onkel Klose tot ist, und ob sie ihn denn so gern gehabt hätte, den Onkel Klose und …

Aber es kam anders. Schlimmer irgendwie und gleichzeitig auch besser, wobei ich das erst später erkannte, als sich sowieso alles aufklärte. Schlimmer, weil Lesya genau wegen dem, was jetzt kam, später aus der Türnicher wegmusste, aber gleichzeitig besser, weil auch Ricco verschwinden musste. Und später fiel mir dann auch auf, dass ich eigentlich schon in diesem Moment gewusst, weil gespürt habe, dass Ricco und Lesya sich viel besser kannten, als ich immer dachte. Obwohl er Russen doch gar nicht leiden konnte. Der Idiot. Und er außerdem auch noch zu blöd war, sich zu merken, dass Lesya gar keine Russin war. Sie kam ja aus der Ukraine.

Ricco war unter anderem deshalb ein Idiot, weil er glaubte, er wüsste alles. Und wenn er mitbekam, dass er irgendetwas nicht wusste, war ihm das egal oder er tat so, als wäre das nicht wichtig.

Mir war das nie egal.

Ich hasste es, etwas nicht zu wissen, weil ich Angst hatte, eine Idiotin zu werden. Aber an dieser Geschichte konnte man sehen, dass das auch nichts genützt hatte. Denn obwohl ich mich so dermaßen angestrengt hatte, keine Idiotin zu werden, war ich irgendwann doch eine gewesen. Vielleicht war das Veranlagung, so wie die Eierfarbe von Hühnern.

Jedenfalls habe ich, nachdem Frau Macken gesagt hatte, Lesya käme aus der Ukraine, auf dem Klo im Handy nachgeguckt, wo das Land liegt. Seitdem wusste ich, dass die Ukraine mal zu Russland gehört hatte, aber seit 1991 ein eigener Staat war. Genau wie 10 andere Staaten, die früher zu Russland gehörten. Weil es 10 waren, schrieb ich eine Liste und lernte sie auswendig:

Liste von den 10 anderen Ländern, die bis 1991 zu Russland gehörten, jetzt aber nicht mehr:

1. Weißrussland
2. Moldawien
3. Kasachstan
4. Kirgisistan
5. Tadschikistan
6. Turkmenistan
7. Usbekistan
8. Armenien
9. Aserbaidschan
10. Georgien

Ricco blieb vor uns stehen. Er stieß sein Kinn in Lesyas Richtung, während er abschätzig an ihr rauf und runter guckte. Dann sagte er: »Schick, dein Russenoutfit.« Sein Blick blieb auf Lesyas Busen liegen, über dem sich die gestickten Blumen rankten.

Lesya blieb ganz ruhig, sie verzog keine Miene.

Meine Hände spreizten sich. Das tun sie immer, wenn irgendwas passiert, was ich nicht gut aushalten kann.

»Kannste das zu Hause denn überhaupt anziehen? Isses da nicht viel zu kalt?«, machte Ricco weiter. Jetzt glotzte er auf Lesyas Beine.

Lesya sagte immer noch nichts. Ricco spuckte auf die Wiese, dann streckte er mir den Zeigefinger entgegen, als wäre der der Lauf einer Scheißpistole, und guckte dazu gangstermäßig. Mit schiefem Mund und zugekniffenem Auge und allem.

»Wir müssen mal eben ein paar Takte reden. Stör uns nicht.«

Er zog Lesya am Oberarm mit sich und redete im Gehen auf sie ein. In ein paar Metern Entfernung wirbelte er sie wie eine Puppe zu sich herum und zog sie so dicht an sich heran, dass sie ihren Kopf ganz in den Nacken hätte legen müssen, um ihm ins Gesicht sehen zu können.

Was sie nicht machte.

Sie hielt ihren Kopf gerade und starrte gegen Riccos Brust, während er ihren Scheitel volltextete. Ich wollte mich auf Ricco stürzen, ihn treten, umrennen, boxen, damit er Lesya in Ruhe ließ, aber da drehte er schon ab, der Idiot, winkte uns zu, ohne sich umzudrehen, weil er wusste, dass wir ihm nachsahen, und rief: »Und schön brav sein, ihr zwei.«

Man wusste nicht, wen er meinte. Die Zwillinge oder Lesya und mich. War aber auch egal. Es war so oder so eine Idiotenansage. Dann stieg er in sein Auto und fuhr weg.

Die Zwillinge liefen ihrem Vater hinterher und riefen: »Papa! Warte! Papa!«

Ich erwischte die Kleinen gerade noch an den T-Shirts, bevor sie auf die Straße gerannt wären. Erst als Ricco mit seinem Auto um die Ecke gebogen und außer Sichtweite war, ließen sie sich von mir beruhigen und gingen an meiner Hand zurück zur Schaukel.

»Was war das denn?«, fragte ich Lesya, als ich wieder bei ihr war. »Was wollte der?«

Lesya sagte nur: »Nix!«

Ich erschrak. Wahrscheinlich hatte der Idiot das mit dem Mord auch zu Lesya gesagt. Denn so abweisend war Lesya eigentlich nur, wenn man sie zu viel fragte.

Den Fehler hatten am Anfang alle und vor allem Elvy und Alexa, unsere Klassensprecherinnen, gemacht. Sie hätten gern alle 10 Fragen vom 10-Fragen-Katalog für die Neuen gestellt.

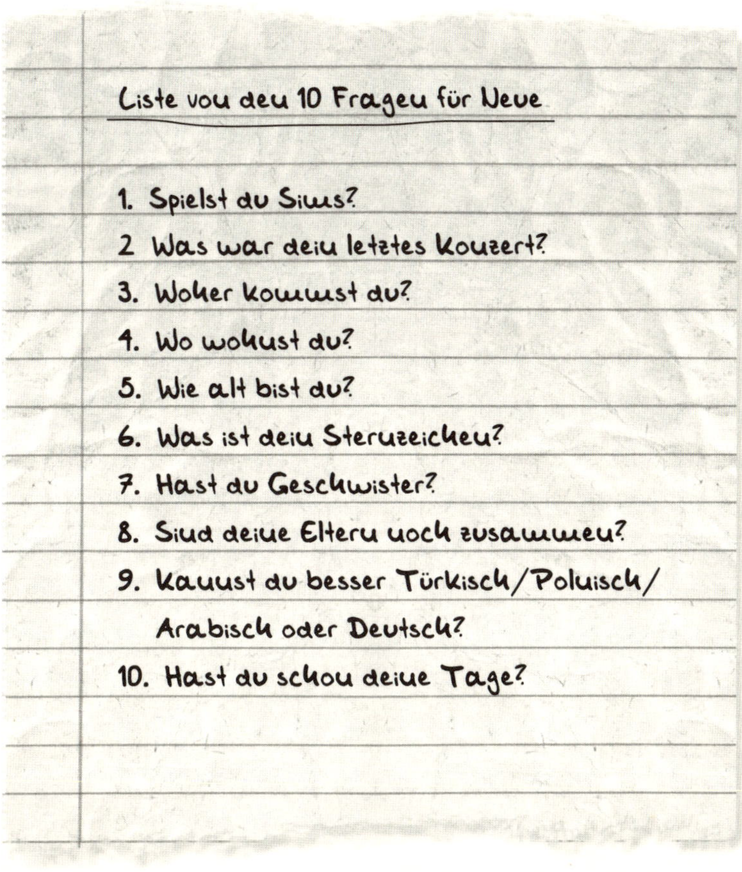
Liste von den 10 Fragen für Neue

1. Spielst du Sims?
2 Was war dein letztes Konzert?
3. Woher kommst du?
4. Wo wohnst du?
5. Wie alt bist du?
6. Was ist dein Sternzeichen?
7. Hast du Geschwister?
8. Sind deine Eltern noch zusammen?
9. Kannst du besser Türkisch/Polnisch/Arabisch oder Deutsch?
10. Hast du schon deine Tage?

Aber sie sind nicht bis zur 10 gekommen, weil Lesya immer einsilbiger geworden war, je mehr man sie löcherte.

Jetzt hatte ich allerdings nur zwei Fragen gestellt, die gar nicht von der Liste waren, und außerdem war ich ja wohl auch längst nicht mehr »alle«. Ich war ihre Freundin, ihre beste Freundin. Ich hätte gern nachgefragt, was mit ihr los war und ob das auch was mit gestern Abend zu tun hätte, aber solange die Zwillinge dabei waren, konnten wir uns wirklich nicht richtig unterhalten. »Ich bring die beiden schnell hoch«, sagte ich deshalb. »Passt du auf meine Tasche auf?«

Lesya nickte geistesabwesend. Sie holte ihr Skizzenbuch und einen schwarzen Fineliner aus dem Beutel von Douglas, den sie immer zum Schwimmen mitnahm, und setzte sich im Schneidersitz auf den Rasen.

Ich lief mit den Kindern zum Eingang und drückte dreimal kurz auf die Klingel, damit Ma wusste, wer reinwollte. Aber es machte keiner auf.

»Ich muss mal«, jammerte Marilena.

»Gleich«, sagte ich. Ich kramte den Hausschlüssel aus der Hosentasche und schob die Kinder durch die Tür. Dann drehte ich mich noch einmal um und rief Lesya zu: »Ich bin gleich wieder da.«

Lesya sah nicht mal vom Skizzenbuch auf, sondern tippte irgendwas in ihr Handy. Sie war echt genervt. Was natürlich kein Wunder war. Wenn ich nur wüsste, was Ricco zu ihr gesagt hatte.

Ich drückte den Knopf vom Aufzug. Und beschloss, auf dem Weg ins Schwimmbad so lange zu fragen, was sie bei Fahrrad-Klose in der Werkstatt gemacht hatte und was Ricco gewollt hatte, bis sie es mir sagte. Ich würde das »Nix« nicht einfach vergessen.

Wenn, aber nur wenn ich nicht bis zum Schwimmbad herausbekam, was los war, würde ich heute Abend weiterfragen. Denn nach dem Schwimmen waren wir zum Kochen verabredet. Da hätten wir bestimmt Zeit, über alles zu reden – ungestört und ohne die anderen.

Das Aufzuggefühl im Magen, jetzt, auf dem Weg in die Wohnung war wie Vorfreude auf später. Ich stellte mir vor, wie wir am Abend kochen, wie sich der irgendwie heimliche Besuch bei Fahrrad-Klose gestern Abend und das Nix in Luft aufgelöst hätten, weil Lesya alles erklären konnte, und wie wir dann zusammen in Lesyas Zimmer essen und – bis ich nach Hause müsste – so tun würden, als wäre Tante Saskias Wohnung unsere Wohnung. Irgendwie war sie das ja sogar, denn immer, wenn ich Lesya besuchte, waren wir allein. Ich liebte das!

Das erste Mal

Das erste Mal hatte Lesya für mich gekocht, als wir beide uns zusammen für ein Referat in Bio zum Thema Haustiere gemeldet hatten.

Ich hatte das Thema Hühner vorgeschlagen, logisch, und Lesya hatte sofort aufgezeigt und gesagt, sie wollte bei mir mitmachen.

Sie kam pünktlich um 3 Uhr, und ich machte Lesya und Tante Lo miteinander bekannt, und Lesya freute sich voll, dass ich mich nicht nur für Hühner interessierte, sondern auch selbst ein Huhn hatte, und sie hockte sich vor die Ranch und lachte, weil die Ranch gar kein richtiger Hühnerstall war, sondern mein altes Spielhaus, das mir nur noch bis zu den Oberschenkeln ging, und sie erzählte, dass sie zu Hause zusammen mit den Nachbarn auch Hühner hätten und dass sie immer gedacht hätte, dass man Hühner gar nicht allein halten könnte, weil Hühner immer Gesellschaft bräuchten, und dass Hühner in Völkern lebten, das aus einem Hahn und mindestens 10 Hühnern bestehen müsste, und dass alles andere Tierquälerei wäre und dass ihre Mutter das immer gesagt hatte, wenn ihr Nachbar ein Huhn hatte schlachten wollen, weil er endlich mal wieder was Vernünftiges hatte essen wollen, und dass ihre Mutter den 10 Hühnern damit, dass sie das von dem Volk mit dem Hahn und den 10 Hühnern erzählt hatte, immer das Leben gerettet hätte.

Darüber war ich natürlich erschrocken, weil ich mir plötzlich wie eine Tierquälerin vorgekommen war, und ich sagte, dass ich Tante Lo noch nicht so lange hätte und dass sie mir fröhlich vorkommen würde, und ich fütterte sie extra vor Lesyas Augen, um ihr zu zeigen, dass Tante Lo gut fraß und alles. Dann hatte Lesya noch gefragt, welche Farbe denn die Eier von Tante Lo hätten und ob wir das Huhn hätten, damit wir jeden Tag ein Ei essen könnten, und ich lachte und sagte: »Nein, natürlich nicht, wir kaufen die Eier beim Penny.« Und dass ich Tante Lo ja wie gesagt noch nicht so lange hätte und dass sie seitdem noch kein Ei gelegt hätte. Da meinte Lesya, dass das nicht normal wäre, weil die meisten Hühner fast jeden Tag ein Ei legen würden, zumindest wenn man es ihnen jeden Tag auch wegnehmen würde und vorausgesetzt, sie wären gesund.

Weil ich das nicht verstand, erklärte sie, dass Hühner von Natur aus ihr Ei ausbrüten wollten. Wenn man es ihnen wegnahm, legten sie ein neues, weil sie nicht gegen ihre Natur ankämen. Dann guckte sie Tante Lo in die Ohren und meinte, wahrscheinlich würde Tante Lo weiße Eier legen. Damals hatte ich noch keine Ahnung davon, wieso sie das in den Ohren sah, die bei Hühnern unter den Ohrlappen versteckt liegen und gleich neben den Augen sind, was erst mal komisch aussieht.

Und so ging das weiter und weiter und Lesya fragte noch ganz viel. Zum Beispiel, wo Tante Lo schlafen würde und wo sie ihr Sandbad nehmen würde und ob ich ihr Licht anmachen würde, damit sie es hell genug hätte, und was für Futter ich ihr geben würde, und weil ich auf alles Antworten gab, die sie komisch fand, weil die Hühner bei ihr zu Hause anders behandelt wurden, und weil ich spürte, dass die Art, wie die ukrainischen Hühner lebten, auf jeden Fall besser war, weil Lesya und ihre Mutter zusammen mit den Nachbarn schon immer Hühner gehalten hatten und ich erst vor Kurzem damit angefangen hatte, begannen wir, Tante Lo den Balkon ukrainisch einzurichten, damit sie vielleicht doch bald Lust haben würde, ein Ei zu legen.

Als Erstes holten wir zwei Eimer Sand aus der Sandkiste vom Spielplatz und schütteten ihn für Tante Lo neben die Ranch auf den Balkon. Dann organisierte Lesya einen Stoffrest von Tante Saskia, der gar nicht aussah wie ein Stoffrest, sondern wie eine Gardine, und wir befestigten ihn zwischen Balkonbrüstung und Decke, damit Tante Lo aus dem Plastikhaus auch mal rauskonnte, ohne abzuhauen oder abzustürzen. Das sah aus wie ein sehr feinmaschiges Netz, also man konnte noch genauso gut in den Himmel und runter auf die Wäschewiese gucken, aber ein Huhn konnte nicht wegfliegen oder abstürzen.

Und dann, meinte Lesya, bräuchte Tante Lo unbedingt noch eine Leiter, die wir an die Wand lehnen sollten. Eine altmodische Leiter aus Holz, mit runden Stangen als Tritte und nicht so eine Aluleiter zum Ausklappen, wie wir sie im Besenschrank hatten. Auf der altmodischen Leiter würde Tante Lo dann schlafen können, denn Hühner würden gern oben schlafen, um sich vor Feinden zu schützen, und zwar am liebsten auf einer Stange.

Das konnte ich nicht richtig glauben, weil ein Huhn, das schläft, doch wahrscheinlich von der Stange runterfallen würde, aber da erklärte Lesya mir noch was Interessantes, nämlich, dass die Hühner, die auf Stangen schliefen, gar nicht runterfallen könnten, weil sich ihre Zehen, wenn sie sich setzen würden, durch das eigene Gewicht um die Stange herum krümmen würden, und noch irgendwas mit Sehne und automatisch und ohne Muskelkraft. Und dass sich die Sehne erst wieder entspannen könnte und sich die Krallen wieder öffnen würden, wenn das Huhn aufstehen würde.

Und während Lesya mir das alles erklärte, dachte ich daran, dass wir am besten Fahrrad-Klose nach so einer altmodischen Leiter fragen sollten, weil ich mal eine bei ihm in der Werkstatt gesehen hatte und wir ihn zu der Zeit ja auch noch nicht loswerden wollten, und ich dachte außerdem, dass wir das Referat eigentlich schon fertig hätten und wir das nur noch ein bisschen aufschreiben müssten, was Lesya mir alles erzählt hatte, und dass wir vielleicht ein Inhaltsverzeichnis von 1 bis 10 hinbekommen würden, wenn ich noch ein bisschen was über die Rasse »Westfälischer Totleger« herausbekommen würde, worüber Lesya jetzt auch nichts Genaues wusste.

Und während ich das alles überlegte, guckte ich die ganze Zeit nur Tante Lo an, und ich streichelte ihr wie zur Prüfung übers Gefieder an der Seite, nicht am Rücken, weil sie das nicht leiden konnte, während sie irgendwie überrascht und stolz im Sand stand. Denn ich dachte, vielleicht geht es ihr doch nicht so richtig gut, und ich hab's nur nicht gemerkt bis jetzt, weil ich absolut gar keine Ahnung hatte von Hühnern und Ma auch nicht, und einen Nachbarn mit Garten hatte ich eh nicht, und eben weil ich mich so auf Tante Lo konzentrierte und auch noch überlegte, ob es richtig war, dem Huhn immer nur Vogelfutter zu geben, das eigentlich für Wellensittiche war und das Ma von der alten Frau Firmenich hatte, die noch ganz viel Futter übrig hatte und es nicht mehr brauchte, weil ihr Wellensittich nämlich gestorben war, also wegen alldem, was ich so dachte, merkte ich was ganz anderes nicht, und zwar, dass Lesya weinte.

Ganz leise weinte sie, und ihre Haare waren so über ihre Schulter gefallen, dass sie wie ein Vorhang zwischen uns herabhingen. Ich sah nur irgendwann die Tränenpfütze, die das kleine Loch in der Bodenfliese schon ganz ausfüllte, sodass es überzulaufen drohte. Und bestimmt hätte sich im nächsten Moment ein Salzwasserfluss aus dem Loch in die Fugen ergossen, wenn nicht Ricco, der Idiot, gekommen wäre und wieder so eine Affenshow abgezogen hätte mit Brüllen und gegen den Tisch treten und von wegen Russendisko und Scheißhühnerhof und wieder alles vollgekackt und damit müsste jetzt Schluss sein. Da hatte Ma gemeint, wir sollten lieber schnell zu Lesya gehen.

Lesya hat sich die Tränen weggewischt und die Nase hochgezogen, und wir sind wortlos aus der Wohnung raus, und ich hätte Ricco am liebsten eine reingehauen, der sich so breitbeinig in den Flur stellte und kein bisschen zur Seite ging, als wir vorbeiwollten, sodass wir uns richtig an ihm vorbeidrücken und ducken und ihn dabei trotzdem berühren mussten.

Als wir im Treppenhaus standen, hatte Lesya sich so weit wieder beruhigt, dass es mir blöd vorgekommen wäre, sie aufs Weinen anzusprechen. Ich hatte das Gefühl, dass sie lieber nicht drüber redete, und eigentlich konnte ich mir ja auch denken, warum sie traurig war. Wenn ich ohne Ma allein in einem fremden Land wäre, weil Ma im Gefängnis wäre und ich statt mit 10 Hühnern im Garten plötzlich mit nur einem Huhn auf einem Balkon dastünde, das mir noch nicht mal selbst gehörte, und meine Tante, bei der ich wohnen sollte, ganz viel arbeiten müsste und meine einzige Freundin die Tochter von einer Mutter war, die mit einem Idioten wie Ricco zusammen war, von dem absolut nichts Gutes zu erwarten war, da wäre ich auch traurig. Da wäre ja wohl jeder traurig.

Und dann meinte Lesya plötzlich doch: »Ich bin so traurig wegen meinen Eltern. Ich hab so Angst, dass ihnen was passiert. Und ich vermisse sie so!«

Und dann saßen wir erst mal eine halbe Stunde im Treppenhaus, unten an den Briefkästen, weil Lesya meinte, sie wüsste nicht, ob es Tante Saskia recht wäre, wenn sie Besuch mit nach Hause bringen würde. Und obwohl unten an den Briefkästen am meisten Platz ist, konnten wir uns nicht richtig aufs Referat konzentrieren. Ständig kam jemand rein oder jemand ging raus. Und die Blätter, die wir eben beschrieben und neben uns gelegt hatten, wurden dreckig. Und das machte mich so fertig. Weil das Referat doch unbedingt gut werden musste. Schließlich ging es um Hühner. Und schließlich waren meine Referate immer gut, weil ich ja schon mal in der Sechsten gewesen war. Und ich kam mir jetzt außerdem noch vor wie eine Spezialistin, und ich wollte, dass alle in der Klasse wussten, wie man Hühner behandeln musste, damit es ihnen gut ging. Und dass die Farbe der Eier, also ob weiß oder braun, gar nichts mit dem Futter zu tun hatte, sondern dass das Veranlagung war und dass man die Veranlagung wirklich in den Ohren sehen konnte, genauer gesagt an den Ohrscheiben ablesen konnte, was ich ein voll schönes Wort fand.

Wir wussten echt nicht, wohin. Irgendwann habe ich dann erzählt, dass ich niemals so werden wollte wie meine Mutter und dass sie Ricco bitte nie wieder meinen Stiefvater nennen sollte, weil er das nämlich gar nicht wäre und weil er das auch niemals werden könnte, weil er nämlich ein verdammter Idiot wäre. Und dass ich, sollte ich später das Pech haben, dass mein *bester, liebster, schlauster* Mann beim Sprung vom Zehner sterben würde und ich danach so traurig wäre, dass ich nur noch Idioten kennenlernen würde und dazu noch das Pech, es nicht mal zu merken, dass ich dann trotzdem immer den Idioten rausschmeißen würde und nicht mein Kind, das gerade ein Referat machen müsste. Und dann erklärte ich noch, dass mein Vater wirklich der Beste, Liebste, Schlauste war und dass, wenn er noch leben würde, meine Mutter bestimmt nicht zuckerkrank wäre, und dann tropfte eine Träne in meinen Collegeblock, der zwischen meinen Füßen auf der Treppe lag, genau in das zweite Ringbuchloch von unten. Und ich sagte: »Ich bin auch oft traurig wegen meinen Eltern.«

Lesya fasste mich am Kinn und drehte mein Gesicht zu sich. Sie sagte nichts. Sie rückte nur ein Stückchen näher, so nah, dass sie mit dem Daumen im Ärmelsaum ihrer Bluse an mein Gesicht heranreichen und die Tränen wegwischen konnte.

Ich zog die Nase hoch und lächelte sie an. »Wir sind ganz schöne Heulsusen«, sagte ich.

Da lachte Lesya auch, stand auf und sah mich ganz ernst an: »Komm, Heulsusi«, sagte sie, »wir gehen zu mir.«

Heulsusi fand ich viel besser als Heulsuse. Und beschloss, das Wort auf die Liste mit meinen Lieblingswörtern von 1 bis 10 zu schreiben.

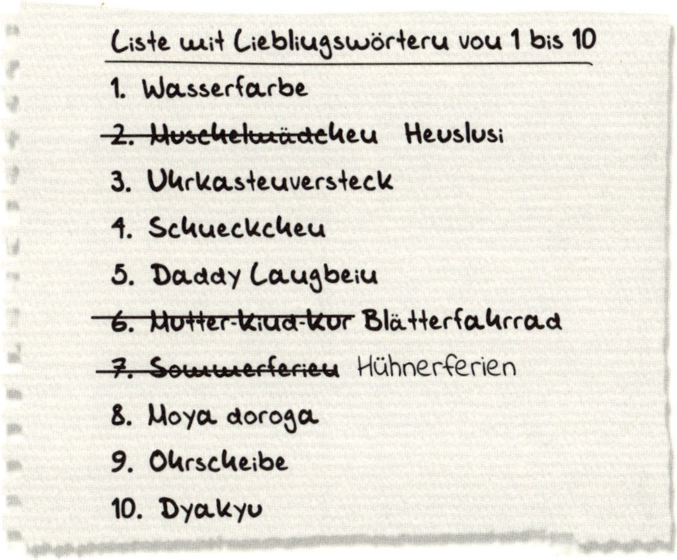
Liste mit Lieblingswörtern von 1 bis 10

1. Wasserfarbe
~~2. Muschelmädchen~~ Heuslusi
3. Uhrkastenversteck
4. Schneckchen
5. Daddy Langbein
~~6. Mutter-Kind-Kur~~ Blätterfahrrad
~~7. Sommerferien~~ Hühnerferien
8. Moya doroga
9. Ohrscheibe
10. Dyakyu

Vor der Tür sah sie mich dann wieder so ernst wie eben an, und ich hatte das Gefühl, sie würde mich mit ganz anderen Augen sehen, weil ich geweint hatte. Als hätte sie es vorher für unmöglich gehalten, dass ich das überhaupt konnte: weinen. Sie kreuzte Mittel- und Zeigefinger und fragte: »Schwörst du?«

Ich wusste zwar nicht, was ich schwören sollte, aber das war mir auch egal. Ich hätte alles geschworen, was sie wollte. Also legte ich die Finger so zusammen wie sie und nickte. »Ich schwöre!«

»Du erzählst niemandem was?!«, vergewisserte sie sich.

Ich nickte ernst, obwohl ich auch nicht wusste, was ich niemandem erzählen sollte, und wiederholte: »Ich schwöre!«

Ich hatte dann lange in Lesyas Zimmer am Schreibtisch gestanden, der gar kein Schreibtisch war, sondern ein Tapeziertisch und hatte das Gemälde darüber betrachtet.

Das Höhlengemälde.

So nannte Lesya die Bilder selbst, die sie auf die Tapete in ihrem Zimmer malte, und sie erzählte mir darüber so viel, dass wir auch darüber ein Referat hätten machen können, wenn wir nicht erst mal das Hühnerreferat hätten machen müssen.

»Und das erlaubt dir deine Tante?«, fragte ich.

»Du sagst nix!«, vergewisserte sich Lesya.

Wenn ich an Ricco und die bescheuerte Hausordnung dachte, wusste ich, warum Lesya so ein Geheimnis draus machte. Man durfte eigentlich gar nichts in der Türnicher, nur Haustiere verboten sie einem nicht, noch nicht mal Hühner, vielleicht war Tierhaltung so eine Art Menschenrecht.

»Meine Tante findet das schön. Besser als Wände wie Leberwurst«, sagte Lesya.

Ich musste lachen. »Oder Garagen wie Taubenkacke!« und machte weiter: »Oder U-Bahnschächte wie Badezimmerkachelabteilungen.«

Eigentlich müsste ja jeder vernünftige Mensch bemalte Wände schöner finden als unbemalte, hatte ich sofort gedacht, aber so war es nicht. Die meisten fanden Leberwurst und Taubenkacke und Badezimmerkachelabteilungen besser als Farbe. Wahrscheinlich, weil sie an Taubenkacke- und

Leberwurstwände gewöhnt waren und deshalb dachten, das müsste für alle Zeit so bleiben und mit einer bemalten Wand würde etwas nicht stimmen. Dabei haben die Menschen das früher, ganz früher, also praktisch am Anfang, dauernd gemacht, erzählte Lesya. Sogar schon, als sie noch gar keine Häuser hatten. Da haben sie ihre Höhlen bemalt. Und die Höhlenmalereien, die es heute noch gab, waren so berühmt, dass haufenweise Busse hinfuhren, damit die Touristen aus den Bussen sich die Höhlenmalereien angucken konnten und Reiseführer ihnen die Bedeutung erklärten.

»Wenn ich wieder nach Hause fahre, kannst du die Leute auch hier rumführen«, hatte Lesya gesagt. »Und alles erklären. Ich male noch mehr. Ich male die ganze Wohnung voll. Und du wirst Reiseführerin in der Türnicher.«

Es hatte geklungen wie ein Witz.

Über den ich aber nicht so gut lachen konnte. Weil ich nicht wollte, dass Lesya wieder zurückfuhr. Das hatte ich von Anfang nicht gewollt. Sie sollte bleiben.

Damit sie nicht merkte, dass ich von ihrem Witz traurig wurde, guckte ich mir das Bild genauer an. Da waren wieder die Pflanzen, die ich schon aus Lesyas schwarzem Buch kannte, in das sie in der Schule malte. Man musste sehr genau hingucken, um zwischen den Blättern, Blüten und Stielen kleine versteckte Bilder zu finden. »Ha, da ist ja das Schwimmbad«, rief ich einmal aus, weil die schwarzen Linien in einem Viereck wie Wellen aufeinanderlagen, aus denen Köpfe ragten.

Ich war dann weitere Linien mit dem Finger nachgefahren, während Lesya in der Küche herumhantiert hatte und wie ein Wiesel durch die Wohnung gelaufen war.

Ich machte mir währenddessen Gedanken über Tante Saskia. Scheinbar war sie ganz nett. Auch wenn sie keinen Besuch mochte, was unter anderem an der Einrichtung liegen konnte. Vielleicht schämte sie sich. Richtig viele Möbel gab es nämlich nicht. Jedenfalls, das spürte ich, hatte ihr Besucherverbot andere, nettere Gründe als das Besucherverbot vom Idioten. Der Beweis dafür war, dass sie ihrer Nichte erlaubte, die Wände in ihrem Zimmer zu bemalen. Ich jedenfalls dürfte so was nie!

10 Sachen, die ich sofort machen würde, wenn Ma und Ricco weg wären

bzw. Ricco wegbliebe

1. Vom Zehner springen
2. Meine Geburtstage feiern
3. 9 Hühner kaufen
4. In meinem Zimmer einen richtigen Hühnerhof mit Stall und Sandkiste und Hühnerleiter einrichten
5. Im Wohnzimmer schlafen
6. Morgens baden
7. Die Listenordner ins Regal stellen
8. Turmspringerin werden
9. Mit Lesya in die Ukraine fahren und Lesyas Eltern im Gefängnis besuchen
10. In den nächsten Ferien ins Rph ziehen

Ich fuhr die dicken schwarzen Umrisse von Ranken, Blüten und Blättern mit den Fingern nach, und plötzlich entdeckte ich auch hier, wie in Lesyas Heft, in einer Blüte ein Mädchengesicht.

Mein Herz sprang diesem Mädchen entgegen und gleichzeitig in Richtung Lesya, die immer noch in der Küche war. Das Mädchen sah genauso aus wie das im Heft. Bis auf die Haare. Sie waren dünner, kürzer, sahen aus wie Hühnerfedern. Sollte ich das sein?!

Hatte Lesya mich gemalt?

Ja hatte sie. Ich erkannte es an den Zähnen. Ich habe nämlich zwei ziemlich große Schneidezähne, die viel größer sind als alle meine anderen Zähne. Und die hatte das Mädchen in dem Bild auch.

Ich freute mich so dermaßen! Und stolz war ich. Das war so viel schöner als jedes Freundinnenarmband. Es war DER Freundschaftsbeweis! Pur!

Auch wenn ihn keiner sah, außer ich und sie. Oder vielleicht sogar gerade deshalb.

Ich hätte gern weitergesucht. Gab es noch mehr Gesichter hinter den Stängeln? Gesichter mit Haaren wie Taue oder wie Hühnerfedern?

Aber dann rief Lesya mich zum Essen.

Als ich ins Wohnzimmer kam, fühlte ich mich irgendwie besonders. So wie wenn man Geburtstag hat. Und deshalb war auch alles um mich herum besonders.

Lesya hatte etwas Lesyahaftes gekocht, nämlich Rote-Bete-Suppe und Pelmeni, die so ähnlich waren wir Tagliatelle, aber ganz anders schmeckten. Und sie hatte im Wohnzimmer den

Tisch gedeckt. Auch der Wohnzimmertisch war ein Tapeziertisch, davor und dahinter standen Bierbänke. Lesya hatte den Tisch ganz ordentlich gedeckt, mit Messer rechts und Gabel links und Glas und sogar mit Serviette und allem. Die Gardine links vor dem Fenster sah aus, als hätte sie jemand mit Nägeln in die Decke getackert, und sie war so lang, dass sie auf dem Boden hing. Rechts vom Fenster, das eine Balkontür war, gab's keine Gardine. Nur die Nägel in der Decke. Ich grinste, weil ich jetzt wusste, dass das Anti-Absturznetz für Tante Lo auf unserem Balkon wirklich eine Gardine gewesen war.

An den Wänden entlang standen und lagen Matratzen mit unterschiedlich bezogenen Spannbettlaken. Drei in Blau, Gelb und Schwarz lagen auf dem Boden, drei in Türkis, Pink und Weiß waren an die Wand gelehnt, sodass es aussah wie ein super buntes Sofa ohne Beine.

Wie ein super buntes dreckiges Sofa ohne Beine, ehrlich gesagt.

Ich war ziemlich baff, als ich das alles sah, weil ich bis dahin immer gedacht hatte, dass es in allen Wohnungen ungefähr gleich aussieht. Vollgestellt mit Möbeln, die man auf jeden Fall brauchte.

Und nicht so ... leer.

Ich stand da rum und staunte, bis Lesya aus der Küche kam und mich von hinten in den Rücken stupste.

Ich machte schnell Platz, damit sie das Essen an mir vorbeitragen konnte, dann ging ich langsam hinter ihr her auf den Tisch zu, wobei ich mich weiter gründlich umsah. Ich wollte keine Kleinigkeit verpassen, obwohl es eigentlich nichts zu sehen gab. Also keinen besonders großen Fernseher zum Beispiel, sondern: gar keinen. Auch keine Bilder an den Wänden oder Kalender oder Spiegel. Die Wände waren kahl und weiß und fleckig.

Ich stieg über die Bierbank und setzte mich an den Tisch. Lesya kletterte auf der anderen Seite auf die Bank. Dann goss sie uns Wasser ein und hob ein Glas, als wären wir Königinnen oder so.

Wir lächelten uns an, tranken und fingen an zu essen.

An diesem Abend erfanden wir das Spiel, nach dem wir seitdem süchtig waren.

Wir waren nach dem Essen in Lesyas Zimmer gegangen, und während Lesya den Pinsel wie selbstverständlich in die schwarze Farbe tunkte, die Fahrrad-Klose ihr geschenkt hatte, und die Ranke an der Wand über ihrem Schreibtisch weiterzog, legte ich mich auf ihr Bett und guckte an die Decke. Ich weiß absolut nicht, wie ich auf die Idee gekommen bin, aber irgendwann habe ich angefangen, eine Geschichte von dem Mädchen mit den Federhaaren zu erzählen. Ich quasselte einfach drauflos und erfand was ziemlich Gruseliges.

Ich erzählte, wie das Mädchen mit den Federhaaren in einen Blätterwald hineingeriet und nicht mehr herausfinden konnte, weil es die Liste verloren hatte. Die Liste mit den 10 besten Wegen, die nach Hause führten.

Ich nannte das Mädchen Liese Leisegang, was ein Name aus meiner Top-10-Namensliste war, die ich auf dem Teuschenberg gesammelt hatte. Am Anfang gingen wir ja täglich zum Friedhof. Die lustigsten Namen der Toten vom Eingang bis zu Pas Grab kannte ich deshalb fast auswendig.

Die 10 lustigsten Namen vom Tenschenberg

1. Liese Leisegang
2. Sigismund Suchsland
3. Petronella Wunsch-König
4. Joshua Zwinkerschnell
5. Heinz Kraftknecht
6. Lukrezia Findevogel
7. Aetheria Pflips
8. Hermine Senkrecht
9. Golo Faxen
10. Jacky Milchsack

Und dann sagte ich, dass ein fetter Rabe die Liste gestohlen und sie in seinen Horst mitgenommen hatte und seitdem jeden Tag ein Stück von dem Papier abriss und an seine Jungen verfütterte. Und die wurden davon groß und größer, bis sie selbst so fett waren wie ihre Mutter, und dann erhoben sie sich und flogen den Weg entlang zum Haus des Mädchens. Jeder junge Rabe flog einen anderen Weg, nämlich den, der auf dem Stück Papier beschrieben war, den die Rabenmutter ihm zu fressen gegeben hatte. Und als sie sich vor dem Haus des Mädchens trafen, da wollte ich eigentlich erzählen, dass sie sich aufs Dach setzten, das daraufhin einstürzte. Aber das wäre dann irgendwie ein blödes Ende gewesen, das mir selbst nicht gefiel, weil es nichts mit den 10 besten Wegen zu tun hatte und nicht zur Geschichte passte.

Außerdem wollte ich lieber ein Happy End.

Deshalb geriet ich ins Stocken. Ich schloss die Augen, um mich besser konzentrieren zu können, und hörte Lesya leise summen. Dann schlief ich ein.

Als ich wieder aufwachte und die Augen öffnete, lag ich auf der Seite und sah sofort, was Lesya gemalt hatte. Sie hatte Bilder zu meiner Geschichte gemalt.

Auf den Blumen an langen Stängeln in einem ziemlich wilden Garten saßen die kleinen Raben. Und die Rabenmutter. 10 Wege führten durch den Dschungel. Ich fand auch den Horst, und zwar auf einem Hochhaus, dessen Fenster schwarze Löcher waren. Die Rabenmutter thronte auf dem Dach und pickte mit ihrem riesigen Schnabel kopfüber ein Loch in die Fassade des Hochhauses. Auf der anderen Seite des Hochhauses hing ein Schild im Himmel. Darauf standen Buchstaben, die ich nicht lesen konnte. Wahrscheinlich ukrainische Buchstaben. Ich setzte mich auf.

»Weiter«, sagte Lesya. »Erzähl jetzt weiter.«

Aber mir fiel nichts mehr ein. Ich konnte mich gar nicht mehr auf die Geschichte konzentrieren. Der Faden war irgendwie gerissen.

»Was steht auf dem Schild?«, fragte ich.

Lesya zuckte mit den Schultern. »Nicht wichtig«, sagte sie.

»Was heißt das?«, wollte ich wieder wissen.

»Zentralnyj awtowoksal«, sagte sie.

»Und was heißt das auf Deutsch?«

»Busbahnhof«, antwortete sie endlich.

»Busbahnhof? Warum steht da Busbahnhof?«

»Nur so«, erklärte Lesya. Dann ging sie raus. Sie wollte nicht weiter drüber reden.

Die Frage war aber auch zu doof gewesen. Da stand Busbahnhof, weil Lesya mit dem Bus gekommen war und bestimmt auch mit dem Bus wieder zurückfahren würde. IHR bester Weg war der Busweg. Deshalb stand das Wort auf dem Schild. Das gab mir einen Stich.

Weil Lesya weg war, guckte ich mir wieder allein und aus der Nähe die Bilder an, die Lesya an die ganze restliche Wand über ihrem Schreibtisch gemalt hatte. »Wahnsinn! Wie lange habe ich denn geschlafen?«, rief ich auf den Flur.

Lesya kam wieder zurück. »Stunde?«

»Wie schnell du malen kannst. Und wie toll. Wo hast du das gelernt?« Wieder zuckte sie nur mit den Schultern, grinste, stupste mich an. »Und du? Super Geschichte! Wo hast du das gelernt? So Geschichten zu erzählen.«

Ich verzog den Mund. Was gab's da zu lernen? Geschichten fielen einem ein oder eben nicht.

»Meine Oma hat schon ihr Haus bemalt«, erklärte Lesya. »Auf dem Land machen das alle bei uns. Das ist so was wie Tradition. Volkskunst.«

Ich versuchte mir das Land, aus dem Lesya kam, genauer vorzustellen.

Wo standen die bemalten Häuser?

Reihten sie sich in Straßen aneinander, waren sie alle bemalt oder nur einzelne?

Galt das für Städte ebenso wie für Dörfer?

Würde man, wenn man in einem Flugzeug über die Ukraine flog, eine Landschaft aus schwarz-weiß bemalten Häusern sehen? Ich konnte mir das einfach nicht vorstellen. »Hast du Fotos von zu Hause?«

Lesya antwortete nicht, mal wieder nicht. Also wollte sie auch darüber nicht sprechen. Ihr Schweigen sollte mir eine Warnung sein, nicht weiter zu fragen. Aber ich war zu neugierig. »Malt deine Oma auch nur schwarz-weiß?«

Lesya sah mich an. Ihr Gesicht bekam einen ganz weichen und sehnsüchtigen Ausdruck. »Nein«, sagte sie leise. »Bei meiner Oma war immer alles bunt.« Sie nickte, wie um sich selbst recht zu geben. »Ja, immer alles bunt. Und das mache ich auch. Aber später erst. Wenn meine Eltern frei sind und ich nach Hause darf.«

Das gab mir wieder einen Stich. Ich konnte natürlich verstehen, dass Lesya nach Hause zu ihren Eltern und den Hühnern wollte. Aber sie hätte es schon auch ein bisschen bedauern können, dass sie irgendwann wieder zurückging. Meinetwegen. Aber sie guckte mich noch nicht einmal an, als sie das von zu Hause sagte. Sie setzte den Pinsel wieder auf die Wand und begann, eine Spirale zu malen. »So lange bleibt alles schwarz und weiß«, bekräftigte sie.

Damit ich nicht wieder traurig werden musste, stellte ich mir vor, ich würde mit ihr fahren. Ich stellte mir vor, wie das Taue-Haar-Mädchen und das Federhaar-Mädchen Hand in Hand in die Spirale hineinliefen und sich darin so lange um sich selbst drehten, bis sie am Ende zu Hause angelangt waren. Und da war es bunt und warm und mit einem Hahn und Hühnern im Garten auf Stangen, die Kraftknecht, Petronella und Lukrezia hießen.

Als ich nach diesem ersten Abend in Lesyas Wohnung in den Aufzug stieg, der wie in allen Häusern der Türnicher nach Schweiß und verbranntem Gummi roch, um elf Stockwerke runterzufahren, war ich sehr glücklich. Ich sog den bekannten Mief im Aufzug tief ein und roch ihn wie neu. Der Geruch verband sich an diesem Abend mit dem Gefühl, dass vielleicht hinter jeder Tür etwas Neues wartete. Eine Überraschung. Eine schöne Überraschung. Und das war mir wie ein Wunder erschienen, oder wie der Anfang von irgendetwas Schönem, das vielleicht mein Leben war.

TANTE LO

Ich stieß die Wohnungstür mit dem Ellbogen auf und schob die Zwillinge in den Flur. »Mama?!«

»Kim?!«, kam Mas Stimme verschlafen vom Sofa.

»Mama, ich muss jetzt los«, sagte ich. »Ich hab nur schnell die Zwillinge wieder hochgebracht. Lesya und ich gehen jetzt schwimmen.«

Ma rieb sich die Augen. Gleich darauf breitete sie die Arme aus, damit Devid und Marilena sich hineinstürzen konnten. Aber Marilena musste zuerst zur Toilette, also stand Ma umständlich auf und half ihr. Als die beiden zurück ins Wohnzimmer kamen, drückte sie Devid einen Kuss auf die Stirn und setzte sich mit den Zwillingen wieder aufs Sofa.

»Ich denke, du musst zur Arbeit«, sagte ich.

»Ich hab mich krankgemeldet. Mir geht es nicht so gut.«

O Mann. Ich wusste natürlich, dass das nicht stimmte. Ma ging Ricco zuliebe nicht zur Arbeit. Weil der Idiot sie hier mit den Zwillingen sitzen ließ, statt sich selbst um seine Kinder zu kümmern.

Bestimmt hatte er wieder gesagt, dass er dringend zur Arbeit gerufen worden war. Was sollte das denn für eine Arbeit sein, von der man erst Minuten vorher wusste, dass sie getan werden musste? Wenn es bei der Frage nicht um Ricco gegangen wäre, hätte ich längst darüber nachgedacht. Aber es gab Sachen, über die ich nicht mehr nachdenken wollte.

Weil ich nämlich Wichtigeres zu tun hatte.

Liste der Dinge und Personen, über die ich nicht mehr nachdenke, weil es sich einfach nicht lohnt

1. Warum ausgerechnet mein Pa gestorben ist
2. Warum sich Ricco ins Brennnesselfeld legt, nur um beim Versteckspiel nicht gefunden zu werden, und was Ma daran so toll findet
3. Ricco
4. Ricco und Ma
5. Ob ich Ricco nicht besser gleich mit losgelassen hätte
6. Sprechende Hühner
7. Was Ricco über Lesya sagt
8. Ob das Herzchenmuster ein Fehler sein könnte
9. ~~Warum ich nicht aussehen will wie Lesya~~ Ob Lesya gelogen hat oder ob sie manches einfach ausgelassen hat und der Rest blöde Missverständnisse waren
10. Ob ich für eine ehemalige Tierquälerin gehalten werden kann (weil ich nämlich auf keinen Fall eine bin)

Ich ging raus auf den Balkon, um Lesya hinunterzurufen, dass ich jetzt wirklich gleich käme.

Tante Lo war mir auf den Balkon hinaus gefolgt, wo ihr Stall, also die Ranch, in der Ecke stand. Die Leiter von Fahrrad-Klose stand nutzlos an der Wand.

»Fahrrad-Klose war ein guter Mensch«, gackerte mein Huhn. Ich schaute Tante Lo *warum sagst du so was?* an, entgegnete aber lieber nichts, weil Ma mich vielleicht hören konnte; und was sollte sie denken, wenn ich dem Huhn erklärte, warum Fahrrad-Klose kein guter Mensch und sein Tod nur gerecht war. Das gäbe ewige Diskussionen. Ich hockte mich also vor die geöffnete Stalltür und scheuchte Tante Lo hinein. Dann stand ich auf und winkte wieder nach unten.

»Fahrrad-Klose war ein guter Mensch«, wiederholte Tante Lo in der Ranch.

Wahrscheinlich habe ich einen Schock, überlegte ich. Einen *Klose ist tot und wir haben ihn umgebracht*-Schock. Deshalb höre ich Tante Lo sprechen. Und immer nur das eine sagen.

Lesya schirmte die Augen mit der Hand ab und blinzelte zu mir hinauf. In der anderen Hand hielt sie statt des Handys wieder den Stift. Das Skizzenbuch hatte sie aber schon zugeklappt. »Ich muss los, Mama.«

»Meinst du, er hat eine andere?«, fragte Ma mit dieser kläglichen Stimme, für die ich sie am liebsten immer anbrüllen und mir gleichzeitig die Ohren zuhalten wollte.

Sie war aufgestanden und versperrte jetzt mit Devid die Terrassentür.

»Wer?«, fragte ich, obwohl ich natürlich wusste, dass Ma von Ricco sprach.

»Ricco.«

»Nein!«

»Warum sagst du das so komisch?«, erkundigte sich Ma. Sie klang total besorgt. »Weißt du etwas?«

»Hä? Was soll ich denn wissen?«

»Antworte mir bitte: Weißt du etwas?«

»Ich weiß gar nix.« Ich guckte an die Decke, um Ma nicht ansehen zu müssen.

»Wir sind doch eine Familie«, sagte Ma. »Der Ricco gehört zu uns. Und auch die Kleinen.« Sie bekam rote Flecken am Hals und fing an, sich aufzuregen. Das war schlecht, weil sie ja Zucker hatte; sie durfte sich auf keinen Fall aufregen, hatte der Arzt gesagt. Ma drückte sich an mich und nahm mich in den Arm, wobei es sich wieder eher so anfühlte, als würde ich sie in den Arm nehmen, was nicht toll war, aber so schlecht auch wieder nicht, weil ich auf die Art wenigstens die Halsflecken und den verzweifelten Blick nicht sehen konnte, denn Ma ging mir mittlerweile nur noch bis zum Kinn. Ich kam mit meinen 1,75 m größentechnisch und wohl auch sonst mehr nach meinem Dad.

Bester.

Liebster.

Schlauster, sagte Ma immer. Und meistens auch noch: »Was glaubst du eigentlich, warum du so gut in der Schule bist? Von mir hast du das bestimmt nicht.« Daran musste ich jetzt denken, während ich Ma beruhigend über den Rücken strich. Sie konnte das nur sagen, weil ich die Schule gewechselt hatte, und ich fragte mich zum ersten Mal, ob ich nur deshalb die Schule hatte wechseln müssen, damit sie das sagen konnte.

Ma seufzte, und ich hatte das Gefühl, dass sie gleich wieder von Ricco und Familie und überhaupt anfangen wollte, und vielleicht lag es daran, dass Tante Lo plötzlich laut losgackerte und dass ich doch eigentlich längst unten bei Lesya sein wollte, um zu erfahren, was sie mit »Nix« gemeint hatte, oder daran, dass ich plötzlich Mas warmen weichen Körper nicht mehr an mir ertragen konnte, auf jeden Fall rutschte mir plötzlich etwas raus, das ich nicht sagen sollte, wenn Ma sich sowieso schon aufregte: »Tolle Familie. Mit einem wie Ricco. Da kann ich drauf verzichten«, sagte ich über Mas Kopf hinweg.

Ma ließ mich sofort los und starrte mich von unten an, so als hätte ich etwas ganz Schlimmes gesagt, wofür man mich eigentlich bestrafen müsste, wenn man nur wüsste wie. Und dann schimpfte sie auch schon los: »Wie kannst du so etwas nur sagen?«

Ich äffte Ma nach: »Wie kannst du so etwas nur sagen?« Das hatte ich noch nie gemacht. Sie so hässlich nachgeäfft. Vor Schreck sagte ich noch: »Tante Lo geht mir mit ihrem Gegackere total auf die Nerven.« Als wäre das die Erklärung dafür, dass ich so gemein zu ihr war.

Ma guckte mich schon wieder so vorwurfsvoll an. »Ich dachte, du liebst dein Huhn. Wir halten es nur für dich, das weißt du doch, oder?«

Ich schloss die Augen. Wir hielten das Huhn ja gar nicht. Wir ließen es bei uns wohnen. Obwohl wir Tante Lo, Lesya sei Dank, mittlerweile richtig halten könnten. Aber Ricco, der Idiot, verbot den Sand, er verbot das Netz, er verbot die Leiter, er verbot alles. Aber wenn ich jetzt antwortete, egal was das wäre, hätte Ma, was sie wollte. Ein Gespräch über Treue und Liebe. Egal wo man anfing, es endete immer bei Treue, Liebe und zuerst bei Ricco und dann bei Pa. Und ich käme nie ins Schwimmbad. Geschweige denn zum Kochen oder Geschichtenerfinden.

»Ich kann es echt nicht mehr hören!«, zischte ich. Obwohl Ma mir leidtat, konnte ich mit den Gemeinheiten nicht aufhören.

Es war zum ersten Mal stärker als ich. Um mich selbst zu überlisten und mit dem Streiten aufhören zu können, lehnte ich mich weit über die Balkonbrüstung und rief hinunter: »Ich komme jetzt.«

Lesya hob die Schultern und ließ sie theatralisch wieder fallen. Dann tippte sie auf eine nicht vorhandene Armbanduhr.

»Ja doch. Ich komme«, wiederholte ich lautlos, indem ich die Worte mit den Lippen formte, was Lesya natürlich nicht sehen konnte. Weil sie auch gar nicht mehr hochguckte. Sie bekam wohl gerade einen Anruf. Jedenfalls wühlte sie in ihrer Tasche und holte das Handy raus.

Und ich hörte Tante Los Flügelschlag hinter mir wie einen Alarm.

Ich drehte mich um. Ma saß wieder auf dem Sofa. Aber Devid hockte vor der geöffneten Stalltür und lachte über die kläglichen Flugversuche des Huhns und das nervöse Flattern zwischen Spielhaus und Wand.

Ich zischte. »Mann, Devid!«

Seitdem Ricco das Schutznetz von der Balkondecke gerissen hatte, weil ihn der »beschissene Hühnerschleier« nervte, durfte man Tante Lo auf dem Balkon nicht mehr frei herumlaufen lassen. Nur noch in der Küche und im Badezimmer, weil da Kacheln und Fliesen waren, von denen man die Hühnerkacke leicht abbekam. Aber auch dort nur, wenn Ricco, der Idiot, nicht da war. Deshalb war auch die Leiter von Fahrrad-Klose ganz überflüssig, ich hätte sie ihm längst zurückbringen können.

Ich ging in die Knie und hielt meinem Huhn die offenen Handflächen entgegen. So gebückt machte ich Schrittchen für Schrittchen auf es zu. »Hey, Tante Lo. Beruhig dich mal.«

Aber Tante Lo flatterte über meinen Kopf hinweg und landete auf der Balkonbrüstung. Als wollte sie die Flucht als Möglichkeit andeuten. Ich hatte ein flaues Gefühl im Magen. »Tante Lo«, zitterte es aus mir heraus.

Mein Huhn setzte die Füße um, reckte mir die Schwanzfedern entgegen, saß jetzt mit Blickrichtung Abgrund.

»Tante Lo«, wiederholte ich fast ohne Stimme. Ich wollte die Arme ausstrecken. Aber ich war wie gelähmt. Ich konnte mich nicht bewegen. Ich spürte nur meine Fingerspitzen, in denen es pochte, als schlügen da 10 kleine Herzen drin, in jedem Finger eins. Erst als Devid die Terrassentür so laut zudonnerte, dass das Glas zitterte, stieß ich die Arme vor Schreck nach vorn.

Aber zu spät. Tante Lo hatte sich mit dem Donnern fallen lassen. Einfach fallen lassen.

Der Aufzug hätte für die 10 Stockwerke garantiert länger gebraucht als ich. Ich nahm immer 4 Stufen auf einmal:

Bit

te

nicht

Bit

te

nicht

Bit

Ich rechnete mit dem Schlimmsten. Damit, dass mein Huhn schwer verletzt am Boden liegen würde; und konnte trotzdem nicht aufhören, innerlich zu flehen. Tante Lo war vor meinen Augen abgestürzt.

Ich

tu

al

les

was

du

willst

ich

tu

al

les

was

du

will

st

Bestimmt hatte Tante Lo sich den Balkon hinuntergestürzt, weil ich gerade so gemein zu Ma gewesen war. Tante Lo konnte Streit nämlich nicht vertragen. Wenn Ricco, der Idiot, zu

Hause rumbrüllte, setzte sich Tante Lo immer mit dem Gesicht zur Wand in die Ranch.

Ich versprach Tante Lo im Geiste, ab jetzt wieder alles zu tun, um Streit zu vermeiden. Ich würde tun, was Ma wollte. Ich würde Rücksicht auf Ricco nehmen. Ich würde netter zu ihm sein, vielleicht einen Ausflug planen. Einen Familienüberraschungsausflug. Es würde nie mehr Streit geben. Wenn Tante Lo nur bitte, bitte überlebte. Tante Lo war doch mein Huhn. Ich hatte es auf einem Schützenfest gewonnen. Ich allein.

Während ich die Treppe hinuntersprang, lief die Geschichte, wie ich Tante Lo gewonnen hatte, als Film in allen Einzelheiten und trotzdem wie im Zeitraffer vor meinem inneren Auge ab. So wie bei Leuten, die sterben. Die erleben ja auch alles noch mal, mit Bildern und Gefühlen und allem.

Dazu habe ich später auch eine Liste geschrieben:

Liste von den 10 Zwischenüberschriften im Film „Tante Lo ist mein Huhn"

1. Das Schützenfest
2. Die Gummistiefel
3. Der Schlamm
4. Der Mann
5. Der Käfig
6. Das Huhn
7. Westfälischer Lo Leger
8. Das Erbsenglas
9. Die Zahl
10. Tante Lo

Es hatte niemand mit mir gehen können, Ma hatte wieder die Zwillinge dagehabt oder war wieder müde von der Arbeit und dem Zucker gewesen. Also ging ich allein das kurze Stück hinter dem Hochhaus über die Wiese durch die Bahnunterführung. Und als ich gerade dort angekommen war, fing es stark an zu regnen.

Meine Gummistiefel waren keine Kindergummistiefel, sondern weiß, vorne spitz und hinten mit einem kleinen Absatz. Sie gefielen mir komischerweise sehr gut, obwohl ich ansonsten nur Turnschuhe anzog. Die Gummistiefel glitschten bei jedem Schritt schlickig über den Matsch. Um die Betrunkenen vor dem Festzelt machte ich einen großen Bogen und landete so plötzlich vor einem bauchigen Glas, das auf einem wackligen Campingtisch stand. Das Glas war randvoll mit kleinen blassgrünen Kugeln.

Hinter dem Tisch ein Mann. Er war kleiner als ich und zwinkerte mir zu. Aus den Augenwinkeln sah ich, dass er eine Bierflasche ansetzte und trank. Ich ging weiter. Ich würde oben herum zurückgehen, nicht noch einmal hier vorbei. Doch dann rief er mir nach: »Na, Frollein, schätz ma. Wie viele Erbsen sin da drin?«

Ich drehte mich nicht um, ging aber langsamer.

»Wenn du richtig schätzt, kriegste das Huhn«, hörte ich den Mann rufen.

Welches Huhn? Ich hatte kein Stofftier gesehen. Und ich war sowieso viel zu alt dafür. Ich guckte mich trotzdem um. Das Huhn saß unter dem Tisch. In einem Käfig wie für Wellensittiche, nur größer. Es bewegte den Kopf, es war echt und klein. Kleiner, als ich mir Hühner immer vorgestellt hatte, und schwarz-weiß. Nur der Kamm auf dem Kopf und ein Hautsack unter dem Schnabel waren rot.

Ich ging wie an Fäden gezogen zurück und vor dem Käfig in die Knie. Sofort stieg mir der Geruch des Huhns wie Freiheit in die Nase.

Der Mann klopfte seinen Zeigefinger hart auf den Zettel, der neben dem Glas auf dem Tisch klebte, bis ich das Kinn über die Tischplatte hob. Die Filzstiftbuchstaben waren im Regenwasser zerlaufen. »Gewinnspiel« konnte ich entziffern. Und »Hauptgewinn: Westfälischer Lo leger«.

Ich kam auf die Füße. »Was ist ein Westfälischer Lo leger?«

»Totleger«, sagte der Mann. »Da steht eigentlich Westfälischer Totleger.« Wieder hackte die Fingerkuppe aufs Papier.

»Was ist ein Westfälischer Totleger?«, stellte ich die Frage neu.

»Ein Huhn. Das siehste doch.«

Ich nickte.

»Na, dann schätz ma«, forderte der Mann mich wieder auf. Weil ich zögerte, beruhigte er mich: »Kostet auch nix. Heute will eh keiner spielen. Is' für dich also umsonst.«

Ich betrachtete das bauchige Glasgefäß jetzt genauer. Es war voller Matschspritzer und Fingerabdrücke. Wie lange saß das Huhn wohl schon unter dem Tisch? Ich fuhr mit dem Finger die Glaswand entlang und versuchte zu zählen, was ich sah. Der Mann winkte ab. »Das kannste nur raten. Nicht zählen.«

Ich kam auf einhundert Erbsen in der äußersten Lage der einen Glashälfte, ohne alle anderen Erbsen, die hinter der äußersten Lage lagen. Auf der anderen Seite stand der Mann. Das Glas zu mir herumzudrehen, traute ich mich nicht. Aber dass das Glas randvoll war, konnte ich auch so erkennen. Ich nahm die Einhundert mal zwei. Wegen der zwei Hälften. Zweihundert Erbsen nur außen. Ich dachte an Ma und die Zwillinge. Wie überrascht sie sein würden, wenn ich mit einem Huhn nach Hause käme. Zur Sicherheit dachte ich: dreihundert nur außen. Und wie sie sich ärgern würden, weil sie nicht mitgegangen waren. Zusammen würden wir dem Huhn einen Stall auf dem Balkon bauen.

»Braucht das Huhn viel Auslauf?«

Der Mann nickte. »Is' total kinderlieb!«

Lo Leger könnte Auslauf in der Wohnung haben, mit den Zwillingen spielen, wenn sie da waren, bei Ma auf dem Schoß sitzen. Ich würde erzählen können, wie ich das Huhn gewonnen hatte. Eintausend Erbsen waren das mindestens.

»Kann das Huhn auch fliegen?«, wollte ich wissen.

»Wie 'n Weltmeister«, lachte der Mann.

Ich würde sie unten auf der Wiese fliegen lassen, überlegte ich. Lo Leger sollte immer bei mir bleiben. Aber glatte eintausend waren unwahrscheinlich. Zu einfach.

Der Mann stellte die Bierflasche ab und stützte die Hände rechts und links vom Glas auf. Sein Kopf schwebte über dem Schraubverschluss. Es sah aus, als hätte er keinen Hals. »Sach einfach.«

»Eintausend…« Der Mann machte große Augen. »…drei…«, versuchte ich es weiter. Die Augen wurden rund. »…hundert…« Und noch runder. »…sieben…«

Der Mann kniff die Augen ein wenig zusammen. »…zehn«, stieß ich hervor.

Der Mann atmete lange ein und nahm die Hände von der

Tischplatte. Im Ausatmen zog er einen Zettel aus seiner Hosentasche. Während er ihn über seinem Bauch total langsam auseinanderfaltete, ließ er mich nicht aus den Augen. Dann senkte er den Blick aufs Papier. Er schüttelte den Kopf, als könnte er es nicht fassen. »Sach das noch mal«, forderte er mich auf.

»Eintausenddreihundertsiebzehn«, sagte ich flüssig.

Der Mann griff zur Flasche und ließ das Bier in sich reinlaufen. Erst als die Flasche leer war, setzte er sie wieder ab, wischte sich den Mund mit dem Ärmel ab und rülpste, dann bückte er sich nach dem Käfig. Er zog ihn unter dem Tisch hervor und überreichte ihn mir. »Das Huhn gehört dir!«, sagte er. Und dann gleich noch mal: »Das Huhn gehört dir.«

Endlich riss ich die Tür auf und hetzte mit den Augen über die fleckigen Bodenplatten, die von verkrüppelten Sträuchern einseitig gesäumt an der Hauswand entlangführten. Ich jagte – wieder in gebückter Haltung – den Weg hinunter. Erst nach rechts, dann nach links, dann noch mal nach rechts, wobei ich jetzt auch hinter, unter, auf und vor den Büschen gründlich suchte, indem ich Zweige hoch- und runterbog: Coca-Cola-Dosen, Zigarettenschachteln, Kaugummis, Kippen. Aber keine Tante Lo.

Ich richtete mich auf. An der Stelle, an der Lesya mit ihrem Skizzenbuch gesessen hatte, als ich ins Haus gegangen war, und an der sie auch noch gesessen hatte, als ich vom Balkon heruntergeguckt hatte, standen nur noch unsere Schwimmtaschen. Lesya war weg. Ich lief zu dem verlassenen Stückchen Rasen, als erwartete ich, dass Lesya jeden Moment aus dem Boden wachsen könnte. Als müsste sie plötzlich vor mir stehen und rufen: Scherz!

Tat sie aber nicht.

Bis ich das begriff, starrte ich *Wo ist Lesya und wo ist Tante Lo und hat Lesya gesehen, wie Tante Lo vom Balkon runtergefallen ist und fängt sie sie gerade wieder ein?* auf die plattgedrückten Grashalme, dann lief ich los. Ich versuchte im Laufen, sowohl einen Teil des Himmels als auch das Gelände vor mir im Blick zu behalten. Hoffte auf einen weißen Fleck, ein schwarzes Flattern. Aber nichts. Kein Zwitschern und nirgends Gackern. Alle paar Meter drehte ich mich im Weiterlaufen um mich selbst, um sicherzugehen, dass ich Tante Lo nicht übersah. Vielleicht ruhte sich mein Vogel auf einer der Wäschestangen neben Haus Nr. 9 aus, fiel es mir zum Beispiel ein, kaum war ich unter denen von Haus Nr. 8 hindurchgelaufen.

Ich änderte die Richtung.

Aber wenn ich Tante Lo wäre, würde ich zu den Schrebergärten fliegen, nicht hinter Haus Nr. 9.

Ich änderte wieder die Richtung.

Aber dann müsste sie ja über den Stadtbahnring fliegen. Oder gehen. Das würde Tante Lo sich doch hoffentlich nicht trauen. Ich lief im irren Zickzack über die Wiese, vom einen Ende bis zum anderen, von dem aus ich zufällig den besten Blick auf den Garagenhof III hatte. Und genau auf der Mitte von Garagenhof III zuckte jetzt ein schwarz-weißer Blitz durch mein Blickfeld.

Tante Lo saß vor der bunten Garage, als bebrütete sie ein Ei.

Und vor ihr: Lesya. Mit dem Rücken zu mir, rüttelte sie am Griff der Tür, die in Fahrrad-Kloses Garage geschnitten war.

War sie verrückt geworden?

Fahrrad-Klose war zwar tot, aber deshalb musste sie sich doch nicht so auffällig benehmen!

Wir waren ihn endlich los. Aber was, wenn die Polizei jetzt zurückkäme? Oder ein Nachbar sie sähe? Die würden sich doch fragen, was Lesya da verloren hatte. Man würde auf jeden Fall wieder nach Tante Saskia fragen.

Ich rannte los. Tante Lo sah mich zuerst. Sie krähte mir entgegen: »Fahrrad-Klose war ein guter Mensch.«

Ich warf mich über mein Huhn, nahm es auf den Arm, drückte es an mich, küsste es, fuhr mit der Nase über den weichen Kamm, ein Gefühl wie Gummibärchen aus der Tüte, und hielt ihm den Schnabel dabei zu. Ich war so glücklich, Tante Lo wiederzuhaben! Und wollte das von Fahrrad-Klose jetzt nicht wieder und wieder hören.

Lesya ließ nicht vom Türgriff ab. Sie beachtete mich gar nicht, rüttelte weiter, drehte den Kopf nur kurz zur Seite, das halbe Gesicht von Haaren verdeckt. »Capec!«, stieß sie hervor. »Mist!«

Lesya stemmte den Fuß gegen die Tür, um sich von der Garage abzustoßen, während ihre Hände den Griff umklammerten und sich ihr Körper nach hinten bog. Ich erschrak über Lesyas Ziehen, auch, weil es so dermaßen wütend und so verzweifelt war. Vor allem aber, weil ich jetzt das Siegel entdeckte. Das kannte ich aus Filmen. Die Polizei versiegelte Türen, damit niemand unbemerkt einen Raum betreten konnte, in dem ein Verbrechen geschehen war. Ich dachte an Ricco und sein Gefasel von wegen Mord. Aber ich dachte vor allem an gestern Abend.

»Was machst du denn da?«, zischte ich. »Die können uns alle sehen.« Ich zeigte auf die Balkone von Haus Nr. 10. »Komm, lass uns abhauen!«

Lesya zog nur noch wilder. Als bemerkte sie mich gar nicht.

Durch das wütende Ziehen und Zerren sah es jetzt aus, als bereute Lesya ihre Höhlenmalerei für Fahrrad-Klose, was ja logisch war. Als wollte Lesya das Bild um jeden Preis zurückhaben, als fände sie es im Nachhinein übertrieben, das Bunte, als hätte es ein schwarz-weißes Fahrrad auch getan oder noch besser gar keins. Jetzt sah es so aus, als hätte sie Fahrrad-Klose richtig gut oder nett gefunden oder so. Dass sie das nicht wollte, konnte ich sehr gut verstehen.

Vielleicht wollte sie aber auch verhindern, dass jemand das Garagentor taubenkackeweiß malte, bevor das eine Jahr rum war. Vielleicht sogar sofort, sagen wir: nach Kloses Beerdigung. Lesya wollte das Garagenbild bestimmt ihren Eltern zeigen. Und wenn sie dafür das Tor aus den Angeln würde reißen müssen. Denn immerhin hatte sie sich voll viel Mühe beim Malen gegeben und andauernd gesagt, wie stolz ihre Eltern wären, wenn sie das nur sehen könnten. Das war ein Kunstwerk. Und vielleicht würde die Hausverwaltung ihr Ein-Jahres-Versprechen brechen, jetzt wo Fahrrad-Klose tot war. Das war sogar ziemlich wahrscheinlich.

Plötzlich stolperte Lesya rückwärts. Sie war ganz außer Atem. »Ricco! Wir hätten Ricco besser gleich mit losgelassen!«, stieß sie hervor.

Lesya rieb sich kurz die schweißnassen Hände am Rock trocken, und ich dachte schon, sie wollte wieder am Tor reißen. Aber stattdessen sackte sie einfach in sich zusammen. Ihre Beine falteten sich *zickzack* unter ihr, bis sie wie eine Stoffpuppe mit zu wenig Füllung auf dem Boden saß. Einen Moment schaute sie nur unglücklich, dann schlug sie die Hände vors Gesicht und fing an zu weinen. »Er wird mich verraten! Bestimmt. Und ich muss zurück. Und ich komme ins Gefängnis wie meine Eltern!«

Ich dachte an gestern Abend. Ich dachte an eben. Ich dachte daran, wie Ricco über Lesya gestanden und ihr unfreundliche Worte auf den Kopf gezischt hatte. Ich dachte ans Nix. Und ich verstand wieder null. Was hatte denn der Idiot Ricco eigentlich plötzlich mit alldem zu tun? Und wieso hatte sie Angst vorm Gefängnis?

Hätte ich wenigstens eine Hand frei gehabt, hätte ich Lesya umarmen können, trösten. Von hier wegbringen. Aber ich konnte Tante Lo ja nicht einfach absetzen. Sie würde garantiert wieder abhauen. Also kniete ich mich, so nah es ging, neben Lesya und fragte so behutsam, wie ich nur konnte: »Was denn verraten?«

Lesya schüttelte den Kopf.

»Was hat Ricco denn eben zu dir gesagt? Hat das was mit gestern Abend zu tun? Als du noch mal bei Fahrrad-Klose warst?«, machte ich vorsichtig weiter. »Wieso sollst du denn zurückmüssen? Fahrrad-Klose ist doch jetzt tot. Und Ricco weiß nichts vom Malen in der Wohnung. Und ich tu immer so, als wäre Tante Saskia die ganze Zeit auch da. Ich habe nichts gesagt. Kein Wort!«

Lesya presste die Hände weiter vors Gesicht, ihre Schultern zitterten.

Vielleicht hatte Fahrrad-Klose dem Idioten von der Höhlenmalerei erzählt, überlegte ich. Ja, klar. Ricco hatte ja voll oft in der Werkstatt abgehangen. Die beiden Männer hatten sich bestimmt bestens verstanden und immer zusammen auf Russen rumgehackt. »Der Ricco ist ein Idiot. Ich hasse ihn«, sagte ich, um Lesya etwas Zeit zu verschaffen. »Den musst du nicht so ernst nehmen. Der labert den ganzen Tag irgendeinen Scheiß und will einem Angst machen.«

Endlich sah Lesya auf. Sie biss sich abwechselnd auf Unter- und Oberlippe. In ihren Augen lag ein Flehen, ein Bitten, das fast schon ein Betteln war. »Bitte hilf mir. Ich muss da unbedingt noch einmal rein!«

Tante Lo drückte ihre Flügel gegen meine Arme und krähte ganz leise: »Fahrrad-Klose war ein guter Mensch.«

Ich konnte keinen klaren Gedanken fassen. »Warum denn?«, fragte ich noch leiser, als Tante Lo gegackert hatte. »Was willst du denn noch da drin?«

Lesya blieb stumm.

Ich sah an Haus Nr. 10 hoch. Ganz oben ragte ein Kopf über die Balkonbrüstung.

»Lass uns besser verschwinden. Wir gehen unter den Baum. Und dann erzählst du mir, was du in dieser Scheiß-Werkstatt willst. Und was du da gestern gemacht hast. Und was mit Ricco ist.«

Lesya folgte mir tatsächlich auf die Wiese. »Ich hab da drin was vergessen«, sagte sie in meinem Rücken. Ich blieb stehen und drehte mich um. »Du meinst das Rezept? Ist das Rezept etwa in der Garage?«

»Nicht das Rezept.«

Was denn dann? Was hatte Lesya vergessen? Beweise? Gab es denn überhaupt Beweise? Und wofür überhaupt? Fürs Höhlenmalen? Für die gedankliche Sterbehilfe? Ich tastete nach der Sterbeliste in meiner Hosentasche. Sie war noch da. Die anderen Listen waren in meinem Zimmer unterm Bett und sie waren außerdem harmlos. Was gab's denn sonst noch für Beweise? Wir hatten Fahrrad-Klose den Tod gewünscht. Und wenn schon. Er hatte es verdient, und man durfte denken, was man wollte.

Als ich Lesya *Was denn für Beweise?* anschaute, guckte sie *Frag mich bitte nicht* zurück. Gleichzeitig wurde ihre Haut rosig und dünn wie ein Birkenblatt, bei dem man die Adern sehen konnte und durch das man fast hindurchschauen konnte, wenn man es gegen das Licht hielt.

Lesya wurde durchsichtig, wenn man ihr eine Frage stellte, auf die sie nicht antworten wollte. Andere Leute logen. Lesya wurde durchsichtig.

Ich konnte in sie hineinschauen und davon wurde ich total weich. Und ich vergaß, dass ich die Antwort auf eine wichtige Frage hatte haben wollen. Ich vergaß, dass es eine Wahrheit gab, die ich suchte.

Wobei das, was ich sah, natürlich nicht wirklich »zu sehen« war, es war eher ein Gefühl, das sich von ihr auf mich übertrug, sobald sie durchsichtig geworden war. Wenn sie durchsichtig wurde, weil ich ihr eine Frage gestellt hatte, bekam ich sofort selbst so ein *Uah ist das fies und warum frage ich überhaupt so was, das geht mich doch gar nichts an*-Gefühl. Auch wenn es mich natürlich und auf jeden Fall etwas anging und weil wir doch längst beste Freundinnen waren.

Durchsichtig

Das erste Mal war mir Lesyas Durchsichtigkeit aufgefallen, als sie mir vom Kusstest erzählte. Das war so gekommen: Lesya wollte am Anfang der Sommerferien unbedingt unser altes Haus sehen, weil sie wissen wollte, wo wir früher gewohnt hatten und wo Mirko jetzt wohnte.

Wir sind die Alte Landstraße entlang, und als ich sagte: »Da vorne ist es«, fing Lesya an zu trödeln, sodass wir an der Nummer 36 super langsam vorbeigingen, und ich zeigte auf den Balkon und erzählte Lesya, dass das früher mein Zimmer gewesen sei, und sie guckte sich alles ganz genau an und blieb dann sogar stehen und zeigte auf die einzelnen Fenster:

Und da? Was war da drin?

Und dort? Was war dort drin?

Und hier? Was habt ihr hier gemacht?

Und ich habe ihr schnell gesagt: das Wohnzimmer, der Flur, das Badezimmer, aber mir war das voll unangenehm, weil ich dachte, jetzt kommt vielleicht gleich Mirko raus, und das wäre so was von peinlich, weil er dann denken würde, dass ich ihm hinterherspioniere und ihm nachlaufe, und das wäre dann Herzchenmuster hoch 10, und dann könnte ich es gleich vergessen, weshalb ich an Lesya zog und wegwollte.

Lesya meinte aber, ich sollte mich mal abregen, weil die ja

gar nicht da wären, das könnte man doch sehen, kein Auto und nix und die Rollläden runter und bestimmt im Urlaub und so.

Und da machte es plötzlich Sinn, dass Mirko schon seit zwei Tagen nicht in der Pfauenmühle gewesen war, und ich war einerseits froh, weil das dann doch nichts mit mir zu tun hatte, dass er nicht kam, aber ich wurde andererseits sofort traurig, weil man ja nicht wissen konnte, wie lange die jetzt wegbleiben würden, und von der Traurigkeit wurde ich dann aber auch irgendwie mutig.

Wir sind jedenfalls nicht schnell weitergegangen, sondern sogar näher ran ans Haus. Es war niemand auf der Straße, und ich hatte Lust, den Garten zu sehen, in den man hoffentlich immer noch ganz einfach reinkam, wenn man ums Haus rumging. Man musste nur über das Gartentörchen steigen, das abgeschlossen, aber total niedrig war, und sich neben der Küche durch zwei Tannenbäumen hindurchquetschen.

Wir kicherten die ganze Zeit, und Lesya hatte gemeint, vielleicht kämen die auch gerade jetzt aus dem Urlaub zurück, was natürlich Quatsch war, weil ja erst drei Tage Ferien waren, und sie meinte, das wäre doch sogar ziemlich gut, wenn er gerade jetzt aus dem Urlaub käme, denn dann könnten wir uns ein bisschen unterhalten und uns zum Küssen verabreden.

Ich habe sie angestarrt und sie gefragt, ob sie total bescheuert wäre, und dann sind wir ganz schnell quer durch den Garten zum Schuppen gelaufen und haben dabei weitergelacht, bis wir drinnen aufs Sofa gefallen sind, und ich habe mich wieder so sicher gefühlt wie früher, wenn es anfing zu regnen und ich mich in den Schuppen gerettet habe und den Regen prasseln hörte, der mir nichts anhaben konnte, und ich erzählte Lesya, wie froh ich immer gewesen war, dass ich den Schuppen hatte, und dass ich mir früher gern vorgestellt habe, dass jetzt der Wolf käme und ich das siebte Geißlein wäre, das im Schuppen so sicher wäre wie in einem Uhrkasten.

Und Lesya knurrte und tat so, als wäre sie der Wolf, und wir kämpften auf dem Sofa, das genau an der Stelle stand, wo bei uns früher eine Eckbank und ein Tisch auf einem grünen Teppich gestanden hatten und wo wir manchmal Memory gespielt haben und wo ich einen Kindergeburtstag gefeiert habe, bei dem vor dem Schuppen das Planschbecken aufgeblasen war und alle meine Kindergartenfreunde in Bademänteln Kuchen aßen, bis sich eine riesige Spinne genau über dem Tisch auf den Kuchen runterließ und wir angefangen haben zu schreien und das trotzdem mein schönster Geburtstag war.

Und ich wunderte mich, dass das alles noch fast genauso aussah wie bei uns, nur ein bisschen geschrumpft, und dass nur das Sofa neu war, die Kuckucksuhr aber noch da hing und auch der Geruch nach heißem Holz und Pas ewigem Maggi noch derselbe war. Und Lesya hatte gemeint, das Beste wäre, wenn ich mich mit Mirko mal hier zum Kusstest verabreden würde, weil das so gemütlich wäre auf dem Sofa, und ich habe Lesya geboxt, aber nur ein bisschen, weil der Vorschlag bescheuert war, aber auch schön, wenn ich mir das vorstellte.

Aber trotzdem, ich meine, wer macht denn so was? Einen Kusstest! Da sagte Lesya, dass das bei ihnen alle machen würden, dass das ganz normal wäre. Die Mädchen, die verliebt wären, würden sich mit den Jungs, die verliebt wären, zum Küssen verabreden, um herauszufinden, ob die Küsse schmeckten, weil wenn die Küsse nicht schmecken würden, hätte das ganze Verliebtsein keinen Zweck und man wäre dann in den Falschen verliebt oder gar nicht.

»Nicht dein Ernst, oder?«, habe ich gefragt, aber Lesya hat *doch, doch* genickt und dann gemeint, dass das natürlich nicht so heißen würde, es würde anders heißen, und sie würde das deutsche Wort nicht kennen, und dann hat sie es beschrieben, und ich wusste, dass sie Flaschendrehen meinte. Und ich musste noch mehr lachen, weil ich erleichtert war, dass das mit dem Küssen in der Ukraine doch irgendwie dasselbe wie in Deutschland zu sein schien, und weil mir das noch nie eingefallen war, dass Flaschendrehen in Wahrheit ein Kusstest war und dass ich mir das unbedingt merken wollte für später und dass ich vielleicht eine Liste anfangen sollte mit 10 Sachen, die eigentlich anders heißen müssten.

Und wir haben dann noch mehr rumgelacht, weil Lesya meinte, wenn ich den Kusstest nicht machen wollte, dann könnte ich auch erst mal den Hauttest machen, weil das auch wichtig wäre, dass man die Haut von dem anderen schön und weich finden würde und es ja auch die Haut wäre, die man riechen können musste oder eben nicht. Und wir haben dann an unseren Hälsen geschnüffelt und total gelacht, weil das so kitzelte, aber auch weil ich mir die ganze Zeit vorstellte, das würde wirklich mal passieren, dass ich Mirko beim Flaschendrehen berühren oder küssen müsste.

Und dann fing Lesya an, das zu beschreiben, wie das vielleicht wäre, nämlich vielleicht ganz anders, als ich mir das

Liste von 10 Dingen, die den falschen Namen tragen

1. Flaschendrehen (Kusstest)
2. Sozialarbeiter (Kinderjäger) mit Ausnahme von Veronika
3. Persönliche Gegenstände (Sachen, die einem gehören)
4. Haustier (Wohnungstier, Gartentier, Balkontier)
5. Westfälischer Totleger (Dauerleger) (Die Hühner dieser Rasse legen nämlich keine toten Eier. Sie legen dauernd Eier. Dauernd heißt in irgendeinem Dialekt dout und daraus wurde tot.)
6. Idiot (das heißt eigentlich nur: Privatperson, die sich aus allem raushält)
7. .....
8. .....
9. ......
10. ......

vorstellte. Dass es ja nämlich sein könnte, dass Mirko eine ganz raue und harte Zunge hätte, die sich in meinem Mund anfühlen würde wie die Zunge von einer Echse, und dass sie in meinem Mund rumstoßen würde von hier nach da, als wäre diese harte Echsenzunge auf Fliegenfang, und dass die ganz lang wäre und bis in meinen Hals vorstoßen könnte und dass ich davon dann brechen müsste.

Zuerst kicherte ich und machte *Iiih* und *Bäh* und boxte Lesya wieder in die Seite, die ja auch lachte, und dann hörte Lesya aber überhaupt nicht mehr auf und beschrieb, wie ekelhaft das wäre, wenn Mirko mich dann auch noch festhalten würde, obwohl ich längst genug hätte von diesem bescheuerten Kusstest, und dabei lachte sie dann auch längst nicht mehr, und das war dann der Moment, wo ich wieder ernst wurde und sagte, das würde Mirko niemals machen, und überhaupt bräuchte ich so einen Flaschenkusstest auch gar nicht, weil ich das auch so wüsste, dass ich in den Richtigen verliebt wäre, und dann wurde Lesya auch wieder ernst, und wir guckten uns irgendwie traurig an.

Ich wollte das nicht, das traurig Gucken, weil doch alles nur ein Spaß war. Darum sagte ich: »Das hast du dir doch alles ausgedacht, so was gibt es doch gar nicht, Jungs mit Echsenzungen!« Und ich hätte es gut gefunden, wenn Lesya jetzt gesagt hätte: »Stimmt, Jungs mit Echsenzungen gibt es nicht, aber Jungs mit Hundezungen, die sind ganz weich und nass und wie ein Lappen und die sabbern dir das ganze Gesicht voll, bevor sie beim Kusstest deinen Mund finden.«

Aber so war es nicht, denn Lesya sagte stattdessen: »Wenn du wüsstest.«

Wenn du wüsstest!

Und da wusste ich, dass das nicht erfunden war, sondern selbst erlebt, und statt nichts mehr zu sagen, habe ich gefragt: »Hat dich etwa schon mal ein Junge so geküsst? Mit Echsenzunge und allem?« Und das genau war dann der Moment. Lesya hätte einfach nicken können oder den Kopf schütteln, aber das konnte sie nicht, sie sagte nichts und wurde erst ganz steif und dann durchsichtig und ich dachte: *Uah, wie fies, warum habe ich das überhaupt gefragt, das geht mich doch gar nichts an!*

Und genauso wie damals im Schuppen war es jetzt hier draußen auf der Wiese. Lesyas ganzer Körper bettelte *Frag bitte nicht!*, und deshalb brachte ich es einfach nicht übers Herz. Aber selbst wenn ich es übers Herz gebracht hätte, in dem Moment, ich wäre gar nicht mehr zu *Was hast du gestern in der Garage gemacht?* und *Gibt es Beweise, von denen ich nichts weiß?*-Fragen gekommen, weil Lesya im nächsten Moment zum Eingang von Haus Nummer 9 starrte, einen Schrei ausstieß, herumwirbelte und weglief.

Ich rannte Lesya automatisch hinterher. »Aber ... Was ... Lesya!« Mit Tante Lo im Arm konnte ich einfach nicht schnell genug laufen. Ich blieb stehen und sah ihr *Häh, was ist denn jetzt los?* nach. Dann wandte ich den Kopf und spähte zum Haus rüber. Ein Pärchen stand vor der Tür von Nummer 9, das ich nicht kannte. Was natürlich nichts Besonderes war. Bei den vielen Leuten, die in unseren drei Hochhäusern wohnen, konnte ich nicht alle kennen. Aber bei diesem Pärchen wusste man sofort, dass die nicht aus der Türnicher waren. Sie wirkten auf mich wie Lehrer und die wohnten hier eigentlich nicht. Und auf Besuch kamen sie bestimmt auch nicht. Wen sollten sie hier schon kennen, außer Schüler vielleicht, aber jetzt waren ja Sommerferien.

Er klingelte. Sie schaute zu mir herüber.

Hatte sie gesehen, dass Lesya weggelaufen war? Ich drückte Tante Lo fester an mich. Wollten die zu Lesya? Hatten die Nachbarn sie gerufen, weil Lesya so am Tor gerüttelt hatte? Waren das vielleicht Polizisten? Kripobeamte von der Mordkommission, die nachschauen kamen, wer da ihr Siegel kaputt machen wollte? Die liefen doch immer in normalen Klamotten herum.

Ich ging langsam rückwärts.

Das musste es sein.

Und Lesya hatte das sofort erkannt.

Sonst wäre sie doch nicht weggelaufen.

Aber warum hatte sie mich dann nicht gewarnt?

Warum hatte sie mich allein gelassen?

Sollte ich nicht auch besser von hier verschwinden?

Aber da setzte sich die Frau schon in Bewegung, hob den Arm und winkte mir zu. »Hallo?«, rief sie. »Hallo! Warte bitte mal.«

Das Pärchen lief zwar nicht, aber es ging ziemlich schnell und kam direkt auf mich zu. Mir blieb nichts anderes übrig, als auf sie zu warten. Wenn ich jetzt wegliefe, würden sie mir garantiert hinterherrennen.

»Du hast ja ein Huhn?!«, freute sich die Frau. »Das ist aber toll!« Sie sah eigentlich ganz nett aus mit ihren Sommersprossen und den sehr großen blauen Augen, sprach aber mit einer extra Stimme und Betonung, die sie bestimmt nur für Kinder und Idioten verwendete. Ihr Kollege schaute dabei über mich hinweg zur Garage von Fahrrad-Klose. Zu Tante Lo sagte er kein Wort, er beachtete sie gar nicht. Und mich auch nicht. Plötzlich guckte er mich dann aber doch an und fragte:

»Weißt du, wo wir Lesya Zwetkow finden können?« Ich war sicher, dass die Frau mein Herz im Hals und im Brustkorb hätte schlagen sehen können, wenn ich Tante Lo nicht fest an mich gedrückt hätte.

»Wir haben bei ihrer Tante geklingelt, aber es macht niemand auf«, sagte die Frau. »Kennst du sie?«

Warum ließ Lesya mich so mies hängen? Und wohin war sie überhaupt abgehauen? Würde ich jetzt allein verhaftet? Ich spürte es eng werden in Brust und Hals. Würde man mich verhören wie in einem Krimi? Würde man mich zwingen, alles über Leysa zu erzählen? Was hatte sie gestern in der Werkstatt gemacht? Würde man denken müssen, ich hätte da was mit zu tun? Würde ich bestraft werden für etwas, von dem ich gar nicht wusste, was es war? Würde die Strafe milder ausfallen, wenn ich vom Rezept erzählte und warum wir das Rezept so gut fanden und dass Fahrrad-Kloses Tod nur gerecht war, weil er sie doch hatte verraten wollen, was total gefährlich für Lesya wäre, weil sie dann bestimmt zurück nach Hause und in den Krieg musste?

Ma würde sich furchtbar aufregen. Ma würde die Welt nicht mehr verstehen. Sie hatte sich noch nie Sorgen machen müssen um mich. Ich kam doch ganz nach Pa. *Liebster. Schlauster. Bester.* Wenn ich jetzt Ärger bekäme, bekäme Ma sofort ganz hohen Zucker. Vielleicht zu hohen. Und ich wäre schuld. Und zur Strafe wäre ich dann allein mit Ricco. Mit Ricco und den Zwillingen. Das würde ich nicht überleben.

»Ist das dein Huhn?«, fragte die Frau wieder.

Ich nickte, ohne aufzublicken. Jetzt taten sie so. Aber gleich würden sie mich nach meinem Namen fragen.

War Ricco vorhin zur Polizei gefahren? Aber was wollte er denen denn erzählen? Er wusste doch gar nichts, der Idiot. Und wenn schon.

Man konnte denken und sich wünschen, was man wollte. Es war unmöglich, jemanden mit Gedanken oder Wünschen zu töten. Und wenn es doch mal klappte, dann war es erstens Zufall, zweitens bestimmt nur gerecht und drittens unbeweisbar.

Oder kam die Polizei wirklich, wenn ein Kind die Wände in der Wohnung anmalte? Oder die Tante zu viel arbeitete?

Hatte Lesya deshalb immer »mich« gesagt? Er hat »mich« verraten?

»Wir müssen dringend mit ihr sprechen. Wohnst du auch hier?«

Ich nickte *Von mir erfahrt ihr gar nix* die Pflastersteine an.

»Und? Kennst du die Lesya?« Jetzt mischte sich der Mann noch einmal ein.

Die Lesya! Das waren keine Polizisten. So hatten immer die Leute im JuZe geredet, wo ich früher zur Hausaufgabenbetreuung war. Vielleicht waren die vom Jugendamt.

Ich guckte hoch.

»Du brauchst keine Angst zu haben. Wir sind nicht von der Polizei oder so. Die Lesya hat auch gar nichts falsch gemacht.

Wir wollen nur mal mit ihr sprechen. Fragen, wie es ihr geht, weil sie ja scheinbar schon eine Weile allein ist.«

Allein.

Ich sagte nichts.

Ich dachte an die vielen Briefe von der Verwaltung, die wir weggeschmissen hatten.

Ich tat auch nichts.

»Fahrrad-Klose war ein guter Mensch!«, gackerte Tante Lo, und ich erschreckte mich voll und hielt ihr den Schnabel zu, bis mir einfiel, dass die beiden ja nicht verstehen konnten, was Tante Lo sagte, und ich mich wieder entspannte.

»Lass mich noch mal«, flüsterte die Frau in Richtung Mann. Dann wieder mit extra Sonderstimme, die diesmal lächelte. »Es stimmt, was Michael sagt. Du brauchst wirklich keine Angst zu haben. Und deine Freundin auch nicht. Wir wollen ja auch eigentlich mit Frau Petuchow sprechen. Mit Lesyas Tante. Ist die vielleicht im Urlaub? Weißt du das? Wir versuchen es nämlich schon eine ganze Weile.«

Ich guckte hoch und sagte vorsichtig: »Sie arbeitet.«

»Wann hast du sie denn zuletzt gesehen?«

Ich überlegte, ob ich sagen sollte, dass ich sie noch nie gesehen hatte. Seit zwei Monaten noch nie. Weil sie ja so viel bei diesem Anwalt arbeitete, um das ganze Geld zu verdienen.

Viel arbeiten war gut, dagegen konnten die beiden nichts einwenden. Ich wollte gern etwas Nettes über Lesyas Tante sagen. Und über Lesya sowieso. Aber da verbog der Mann den Oberkörper und drehte den Kopf so, dass er mir von unten in die Augen gucken konnte, die ich wieder auf den Boden gerichtet hatte, weil ich mich dann besser konzentrieren konnte. »Hallo? Einer zu Hause?«, fragte er und klopfte mir auf den Kopf.

Das fand ich so blöd. Das sollte witzig sein, schon klar, aber trotzdem. Das hätte glatt von Ricco sein können, dachte ich, auch wenn er immer fester klopfte. Und da beschloss ich: Ich würde denen gar nichts sagen. »Ich muss jetzt mein Huhn nach Hause bringen«, sagte ich leise. Dann ging ich schnell und wie ferngesteuert weg. Als gehörten meine Beine nicht zu mir, stakste ich über die Wiese unter den Wäschestangen hindurch auf Haus Nummer 8 zu und spürte die Blicke des Pärchens wie Pfeile im Rücken. Ich hätte mich gern umgedreht. Nur einmal und ganz kurz, um zu gucken, ob die mir nachliefen. Um mich festzuhalten. Und mitzunehmen. Aber ich zwang mich, es nicht zu tun. Ich ging weiter und weiter. Und da rief die Frau: »Wir haben Frau Petuchow eine Einladung in den Briefkasten geworfen. Es wird sich hoffentlich alles bald klären!«

Ich nickte, obwohl man das von hinten und von so weit weg bestimmt gar nicht sehen konnte. Das Nicken. Dann wurde mir schwindelig. Wie viele Fragen es wohl seit heute Morgen gab, auf die ich beim Nachdenken keine Antworten gefunden hatte. Um mich zu beruhigen, nummerierte ich sie im Geiste durch.

Fragen, auf die ich bis jetzt keine Antworten gefunden habe

1. Was weiß Ricco?
2. Warum ist Lesya weggelaufen?
3. Warum wird Lesya von einem Mann (Michael) und einer Frau gesucht?
4. Kennt Lesya die?
5. Warum hat Lesya mir nichts davon gesagt, dass sie Angst vor denen hat?
6. Wozu wollen sie Tante Saskia einladen?
7. Wo ist Lesya jetzt und wann kommt sie zurück?
8. Warum kann ich nicht aufhören, an die Sachen zu denken, die Ricco immer über Lesya und die Russen sagt?
9. Hat Lesya schon mal geküsst?
10. Was bedeutet „Nix"?

TANTE SASKIA

Eigentlich wollte ich an dieser Stelle der Geschichte schnell zur Türnicher Nr. 9 laufen und mich vor Tante Saskias Wohnung setzen und auf meine Freundin warten. Sie würde auf jeden Fall zurückkommen, wenn sie mitbekam, dass Michael und diese Frau weg waren. Ich musste nur schnell Tante Lo zu uns in die Ranch bringen.

Aber schon auf dem Weg über die Wiese und das Gehwegplattenkreuz hinweg, als ich den Schlüssel aus der Jackentasche zog, krallte sich Tante Lo an meinem Handgelenk fest und drückte den Kopf seitlich gegen meine Brust.

Das mit dem Kopf machte sie immer, wenn sie kuscheln wollte. Das Krallen war neu. Ich dachte sofort: Ist das mit dem Krallen jetzt, weil Tante Lo eine Stange vermisst und sie doch tiergequält ist? Aber gleichzeitig beruhigte ich mich selbst und dachte: Ein Huhn, das mit seinem Besitzer kuschelt, ist das Gegenteil von tiergequält.

Ich spürte, wie Tante Lo ihr Gewicht auf die Füße fallen ließ, damit sie die Zehen ohne jede Muskelkraft krallen konnte, und weil sie jetzt noch fester krallte, fiel mir der Schlüssel aus der Hand. Ich bückte mich und sah mich unauffällig um. Michael und die Frau waren weg. Erleichtert küsste ich Tante Lo *He, was ist denn los? Ist doch alles wieder gut, die sind wieder weg* auf den Kopf. Das beruhigte mich selbst auch total. Und ich dachte, wie schlimm die Berufe von manchen Erwachsenen sind, wie zum Beispiel der Beruf von dieser Frau und dem Michael, die durch die Gegend liefen und Kinder jagten. Garantiert hieß der Beruf anders, aber Kinderjäger wäre bestimmt richtiger als Wort. Ich nahm mir vor herausfinden, wie der Beruf hieß, und ihn auf die Liste mit den falschen Wörtern zu schreiben.

Und ich überlegte, ob es so was wie Hühnerspezialist als Beruf gab. Dann wäre ich das nämlich. Denn ich hatte eine Menge Spezialwissen über Hühner. Zusätzlich zu dem, was wir fürs Referat über Hühner bereits herausgefunden hatten, gab es mittlerweile noch jede Menge anderes.

Spezialwissen über Hühner von 1 bis 10

1. Hühner gucken gerne Filme, in denen Hühner vorkommen, die gackern und picken (= Hühner interessieren sich für andere Hühner).
2. Hühner können komplizierte Türriegel öffnen, wenn sie unbedingt rauswollen (= Hühner können kombinieren).
3. Hühner unterhalten sich durch Gegacker und durch Bewegungen (= Hühner haben was zu sagen).
4. Der Chefhahn strengt sich beim Beschützen von Hennen mehr an als beim Beschützen

von anderen Hähnen (= Hähne wissen, was sich lohnt).

5. Hähne benehmen sich selbst gern wie der Chefhahn, um Hühner zu beeindrucken. Das machen sie aber nur, wenn der Chefhahn nicht guckt oder außer Hörweite ist, weil sie sonst nämlich Ärger mit dem Chefhahn kriegen (= Hähne sind Angeber).
6. Hühner erkennen andere Hühner, können sie also voneinander unterscheiden (= Huhn ist nicht gleich Huhn).
7. Es gibt optimistische Hühner und pessimistische Hühner (= Hühner können sich ihre Zukunft vorstellen).
8. Hühner können sich freuen und traurig sein (= sie haben Gefühle).
9. Hühner können sich langweilen (= sie brauchen Unterhaltung).
10. Hühner können die Gefühle anderer Hühner verstehen und können sich in sie hineinversetzen.

Genau in diese Gedanken über mein Hühnerspezialwissen hinein und genau in dem Moment, als ich den Schlüssel ins Schloss stecken wollte, fing Tante Lo wieder an zu sprechen. Besser gesagt: zu gackern.

»Ich will mit«, gackerte sie. »Ich will mit. Ich will mit!«

Ich verstand das ganz deutlich, auch wenn ich wusste, dass Tante Lo eigentlich nicht sprechen konnte und sie wahrscheinlich auch nicht wirklich sprach.

Und dann dachte ich daran, was eine Forscherin aus Amerika herausgefunden hatte und was auf meiner Liste unter Punkt 2 stand: dass Hühner Türriegel öffnen können, wenn sie unbedingt rauswollen.

Vielleicht wollte Tante Lo mir also mitteilen, dass sie sozusagen unbedingt rauswollte und es gar keinen Zweck hatte, sie nach oben in den Stall zu bringen, weil sie dann den Riegel aufmachen würde, um sich erneut den Balkon hinunterzustürzen.

Trotzdem wollte ich Tante Lo hochbringen. Denn ohne sie war ich viel beweglicher. Ich könnte die Ranch zum Beispiel so verriegeln, dass Tante Lo auf keinen Fall herauskäme, indem ich sie mit der Tür zur Wand drehte. So nach dem Motto: Hühner sind schlau, aber ich bin schlauer.

Deshalb rieb ich meine Wange über den kleinen Kamm, denn das machte ich immer, wenn Tante Lo kuscheln wollte. Gleichzeitig versuchte ich trotz der gedanklichen Unordnung, den Schlüssel ins Schloss der Türnicher 8 zu schieben, und fragte leise, so wie man ein Kind fragte, dessen Antwort man sowieso nicht ernst nehmen würde: »Aber wohin denn mit?«

Statt direkt zu antworten, legte Tante Lo erst mal die Krallen noch fester um meinen Puls. Es fühlte sich an, als wollte sie mir das Blut abquetschen, als wollte sie mich auf diese Art dazu zwingen, sie mitzunehmen, und meine Finger wurden schon kalt und erst dann wiederholte sie: »Ich will mit.«

Obwohl ich mich sehr anstrengte, bekam ich die Tür so nicht auf. Ich musste die Krallen lösen; es tat echt weh. Aber dann ließ Tante Lo plötzlich einfach los. Sie erhob sich, die Sehne in ihrer Ferse entspannte sich, die Krallen öffneten sich, sie spreizte die Flügel ab, fiel, landete auf den Füßen, torkelte und hüpfte flatternd über die Gehwegplatten auf die Wiese.

»Ich will mit!
Ich will mit! Ich will mit!
Ich will mit!
Ich will mit!!!
Ich will mit! Ich will mit!
Ich will mit! Ich will mit!«

»Aber wohin denn mit?«, rief ich ihr wieder nach und lief im Zickzack hinterher. »Ich weiß doch gar nicht, wo ich suchen soll!«

Tante Lo flatterte weiter, flatterte auf die Wiese und flatterte bis zu meiner Schwimmtasche, die immer noch – zusammen mit der Douglastasche – wie eine Erinnerung an das Geschehen die Rasenstelle markierte, an der Lesya auf mich gewartet hatte.

Besser gesagt: nicht gewartet hatte.

Tante Lo hackte auf die Schwimmtasche ein, als gäb's darin Körner zu picken.

Ich ließ mich neben der Tasche auf die Knie fallen.

Dass ich daran nicht gedacht hatte! Ich könnte Lesya natürlich auch anrufen!

Wahrscheinlich wartete sie sehnsüchtig darauf. Ihr Handy hatte sie doch bestimmt dabei. Vielleicht hatte auch sie längst versucht mich anzurufen, dachte ich, während ich in meiner Tasche wühlte, nacheinander das Handtuch, den Badeanzug, mein Portemonnaie, die Colaflasche rausriss und auf den Rasen warf. Das Handy war wie immer ganz nach unten gerutscht.

Es hatte niemand angerufen.

Vielleicht traute Lesya sich auch nicht anzurufen, weil sie Angst hatte, dass diese Frau und dieser Michael mich einkassiert hatten. Mich und mein Handy. Auf dem dann ihre Nummer auftauchte, wenn sie mich anriefe, und dass man sie dann orten könnte. Oder sie dachte, wir würden abgehört. Oder ...

Ich tippte auf meinem Startbildschirm aufs L. Lesyas Nummer wurde gewählt.

Ich wartete.

Die Verbindung wurde aufgebaut.

Ich wartete.

Es klingelte.

Ich wartete.

Und hörte den Klingelton von Lesyas Handy gleich neben mir, aus der Douglastasche. Sie hatte ihr Handy nicht dabei. Natürlich nicht, jetzt fiel es mir ein. Sie hatte ja einen Rock an, einen Rock ohne Tasche fürs Handy.

Und mir fiel ein, wie ich vom Balkon aus gesehen hatte, wie sie das Handy aus dem Beutel geholt hatte, weil sie angerufen worden war.

Unter normalen Umständen hätte ich das nie gemacht: an

Lesyas Handy rangehen. Aber jetzt hatte ich sie ja selbst angerufen, also konnte ich ja wohl auch rangehen.

Ich fand das alte Samsung-Teil, das sie kurz nach ihrer Ankunft irgendwo aufgetrieben hatte, nachdem ihr eigenes Handy kaputtgegangen war – es sah genauso aus wie eins, das Ricco den Zwillingen mal zum Spielen gegeben hatte, und zum ersten Mal fragte ich mich, ob Lesya es vielleicht irgendwo gefunden hatte, unten in der Sandkiste oder so, und ob Ricco sie vielleicht darum für eine Diebin hielt und so auf ihr rumhackte – aber das hätte der Idiot bestimmt schon längst rausposaunt.

Das Steinzeit-Handy steckte in einem noch älteren Schlampermäppchen. Der Reißverschluss war kaputt, aber als Handyhülle funktionierte das Teil trotzdem ganz gut.

Es gab keinen Zahlencode, kein Muster, das ich hätte eingeben müssen. Das Handy war nicht gesichert. Auf dem Display stand *Kim* mit einer (1) und einem grünen Telefonhörer und der Uhrzeit dahinter (14.23) und *nicht angenommen*.

Darunter stand *Ricco* mit einer (15) und einem grünen Hörer und der Uhrzeit des letzten Anrufs dahinter (14.03).

Mir wurde schlecht.

Meine Beine zitterten.

Dann hatte Lesya also mit Ricco telefoniert, als ich vom Balkon aus zu ihr runtergesehen habe?

»Fahrrad-Klose war ein guter Mensch«, gackerte Tante Lo. Stumm hielt ich meinem Huhn Lesyas Handy entgegen, als könnte es irgendetwas dazu sagen. Zum Beispiel: »Lesya ist ein guter Mensch.« Aber es blieb stumm.

»Und jetzt?«, fragte ich.

Nichts. Tante Lo bewegte sich noch nicht mal mehr, sie pickte nichts und niemanden, sondern setzte sich auf die Wiese und schaute wie durch mich hindurch.

»Was haben diese Anrufe zu bedeuten?«, jammerte ich. »Wo ist Lesya? Was machen wir jetzt?« Ich hatte Panik.

Tante Lo schloss die Augen.

Ich starrte aufs Handy und wiederholte die Fragen innerlich wieder und wieder:

Wieso hat Ricco Lesya an einem Tag fünfzehnmal hintereinander angerufen?

Wieso hat er sie überhaupt angerufen?

Was haben die Anrufe zu bedeuten?

Was hat das Ganze zu bedeuten?

Was war hier los?

Tante Lo ließ den Kopf immer tiefer auf die Brust sinken. Sie schlief ein.

Plötzlich war ich allein. Verlassen unter einer milchigen Glasglocke, die sich langsam und unbemerkt über mich gestülpt hatte, während ich die immer gleichen Fragen gestellt hatte, auf die ich keine Antworten fand. Die Angst machte sich breit wie eine Halsentzündung. Jeder Gedanke eine fiese Bazille:

Ricco hat recht.

Lesya ist gar nicht meine Freundin.

Ich habe mir unsere Freundschaft nur eingebildet.

Lesya hat gelogen, wenn sie den Mund aufmachte.

Und dann schrie alles in mir: Niemals!

Niemals würde ich das glauben. Ricco war ein Idiot. Ein 1-a-Idiot, so stand es in meiner Liste und auf meine Listen war Verlass. Einem 1-a-Idioten durfte man auf keinen Fall irgendetwas glauben.

Aber warum hatte sie mir nicht gesagt, dass Ricco sie anrief? Weil sie wusste, wie sehr ich Ricco hasste? Oder fand sie ihn etwa nett? Nein, sie hasste ihn auch. »Wir hätten Ricco besser mit losgelassen. Er wird mich verraten!« Das waren ihre Worte.

Aber was denn nur verraten?

Lesya ist ein Früchtchen.

Lesya nutzt dich aus.

Lesya macht alles für Geld.

Niemals! Nein. Nein. Nein.

Mein Atem ging stoßweise. Unter der Glocke nur ich. Ich und die Bazillen und Lesyas Handy in meiner zitternden Hand.

Mein Daumen klickte sich durchs Menü.

Ich suchte das Icon für Nachrichten. Es gab drei Menschen, die sich mit Lesya schrieben. Das waren ich und Саския und Ricco.

Der Daumen wählte *Ricco* an.

Der Gesprächsverlauf war einseitig. Es gab nur Nachrichten von Ricco an Lesya, aber keine von Lesya an Ricco. Er schrieb ihr Zahlen.

Lesya antwortete nie.

»12«

»23«

»21.30«

»11.15«

Und so weiter ...

Waren das Uhrzeiten? Schickte Ricco Lesya jeden zweiten

Tag eine Nachricht, in der nichts weiter stand als eine komische Uhrzeit?

Die letzte SMS war von heute, 14.03 Uhr, und fragte: »Hast du's?«

Hast du's?

Hast du's?

Hast du's?

Ich las mir selbst immer wieder vor, was da stand. Ich veränderte die Betonung, die Lautstärke und das Tempo, klang ungläubig, staunend, überrascht, als müsste ich den Text für eine Theateraufführung einüben und mich entscheiden, wie es am besten klang. Und dabei tönte es die ganze Zeit über in meinem Kopf wie ein Echo:

Nix

Nix

Nix

Ich sah zur Garage.

Hast du's.

Die Glasglocke hob sich. Was, wenn das, was Lesya haben sollte, und das, was Lesya in Fahrrad-Kloses Werkstatt vergessen hatte, ein und dasselbe waren? Vielleicht hatte sie schon gestern Abend danach gesucht. Das wäre zumindest schon mal *eine* Erklärung.

Lesya, meine allerliebste und beste Freundin, und Fahrrad-Klose, das Verräterschwein, und Ricco, der Idiot, von dem nie was Gutes zu erwarten war, hatten etwas, irgendwas miteinander zu tun, von dem ich nichts wusste.

Konnte das sein?

Die Glasglocke schwebte über mir wie eine Drohung. Sie ließ

weiter Angstbazillen auf mich runterregnen, und ich musste aufpassen, die nicht einzuatmen. Ich musste jetzt sehr vorsichtig sein, vor allem beim Denken, und das Gefühl festhalten: Lesya war meine allerbeste Freundin und sie brauchte meine Hilfe!

Lesya hatte etwas in der Garage vergessen, und es würde ihr helfen, wenn ich es dort herausholen könnte. Es würde ihr im Kampf gegen Ricco helfen, und wir würden den Kampf gewinnen, gemeinsam, so wie wir den Kampf gegen das Verräterschwein Fahrrad-Klose gewonnen hatten.

Ich *musste* Lesyas Tasche durchsuchen. Vielleicht gab es irgendwo weitere Hinweise auf das, was ich in der Garage finden musste.

Lesya hatte ein Handtuch eingepackt, zwei Äpfel, ihre Thermoskanne, die leer war, tausend Stifte, den Hausschlüssel, ihr Skizzenbuch, in dem sie auch Sachen sammelte, die ihr gefielen. Aufkleber und Postkarten und Flyer, die irgendwo rumlagen und die man einfach so mitnehmen konnte.

Das klemmte alles zwischen dem Deckel und der ersten Seite ihres Buches, sodass man das Buch kaum zubekam.

Ansonsten war die Tasche leer. Nichts, was mir sagte, wonach ich in der Garage überhaupt hätte suchen sollen. Und die Garage war erstens versiegelt und zweitens garantiert immer noch so dermaßen zugemüllt mit Schrott, den FK hatte reparieren wollen, und mit Werkzeug und so, dass ich keine Ahnung hatte, wie ich da etwas finden sollte, von dem ich noch nicht mal wusste, was es war.

Ich sah wieder aufs Handy.

Obwohl ich nichts von dem, was sich Саския und Lesya

schrieben, lesen, geschweige denn verstehen, konnte, scrollte ich durch die Nachrichten. Es waren nicht viele. Die Unterhaltungen waren immer kurz.

Der Cursor im Nachrichtenfeld blinkte. Mein Herz wummerte hinter den Rippen. Ich schrieb: »Saskia? Wo ist Lesya?« Mehr nicht.

Tante Lo stand wieder auf und ging im Kreis, sie pickte in den Rasen. Ich hatte plötzlich null Angst mehr, dass sie abhauen würde. Ich würde sie nicht hochbringen in die Ranch. Sie musste mit. Wer sollte mir sonst helfen?

Tante Lo blieb stehen und sah mich an. Einer ihrer Füße stand auf Lesyas Wohnungsschlüssel, den ich auf die Wiese gelegt hatte.

Ich sprang auf und zog Tante Lo den Schlüssel unter dem Fuß weg. »Also gut, komm«, sagte ich zu meinem Huhn. »Wir warten zusammen auf Lesya in ihrer Wohnung.« Und solange wir warten, dachte ich, suche ich nach der Adresse von diesem Anwalt Flessenkemper. Wenn Lesya nicht käme, würde ich hinfahren, egal wie weit das wäre. Und ihnen alles erzählen. Und es würde sich alles aufklären, und wir würden zusammen die Garage durchsuchen, um Lesya zu helfen. Irgendwie kämen wir da schon rein. Vielleicht bekäme der Anwalt einen Schlüssel von der Verwaltung und alles wäre ganz einfach.

Ich stopfte Lesyas Handtuch zurück in die Douglastasche und hielt sie Tante Lo auf: »Komm, setz dich, dann hast du's schön gemütlich, wenn ich dich hochtrage.«

Ich schloss die Eingangstür zu Nummer 9 auf und fuhr mit dem Aufzug in den 11. Stock. Ich ließ meine Tasche mit Tante Lo einfach im Flur stehen und ging ins Schlafzimmer. Als Erstes würde ich die Klamotten und Taschen durchsuchen. Die Adresse könnte auf einem Zettel stehen, den Tante Saskia eingesteckt hatte.

Ich riss den Kleiderschrank auf. Er war leer. Hatte sie alle Anziehsachen bei dem Anwalt? Ich meine: *alle?*

Mir wurde mulmig. Wo waren die Sachen von Tante Saskia?

In Lesyas Zimmer lagen Lesyas Kleider, Hosen und Blusen wie immer im Koffer, der geöffnet an der Wand stand. Unterwäsche und Socken bewahrte sie in einem Wäschekorb auf. Auf dem Schreibtisch zwei Blöcke, ein paar lose Blätter, viele Stifte, ihr Ausweis, irgendwelche Papiere auf Russisch oder Ukrainisch.

Es gab keine Schublade, keinen Schrank, nichts, was ich außerdem durchsuchen könnte.

Im Wohnzimmer hob ich die Matratzen hoch und stellte sie alle gegen die Wand, ich schaute hinter den Vorhang. Nichts.

Meine letzte Chance war die Küche. Ich riss die Schränke auf. Alles stand an Ort und Stelle, was nicht schwer zu erkennen war, denn es gab von allem immer nur drei Stück. Drei Teller und drei Tassen und drei Gläser. Die Besteckschublade unter der Spüle war die einzige in der ganzen Wohnung. Sie klemmte. Auf dem Besteck lagen Papiere. Ich nahm alles raus: ein Zettel mit lauter Abkürzungen und was sie bedeuteten, außerdem zwei Zeitungsartikel und Briefumschläge aus Recyclingpapier, die wie die Briefumschläge aussahen, die Ma bekam, weil sie das Auto angemeldet hatte, mit dem Ricco rumfuhr. Die Briefe waren alle ungeöffnet. Ich überflog den Zettel mit den Abkürzungen:

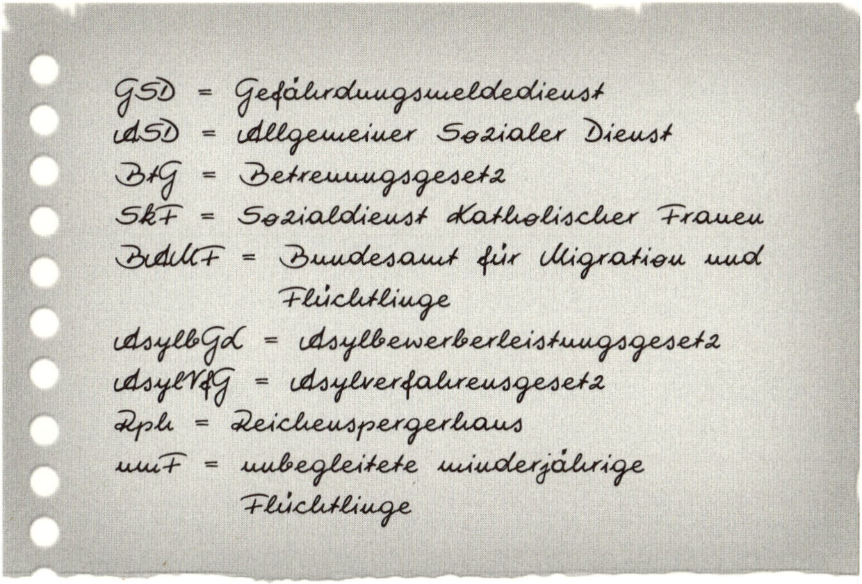
GSD = Gefährdungsmeldedienst
ASD = Allgemeiner Sozialer Dienst
BtG = Betreuungsgesetz
SkF = Sozialdienst Katholischer Frauen
BAMF = Bundesamt für Migration und Flüchtlinge
AsylbLG = Asylbewerberleistungsgesetz
AsylVfG = Asylverfahrensgesetz
Zph = Zeichenspergerhaus
umF = unbegleitete minderjährige Flüchtlinge

Auf den Zeitungsausschnitten klebten Post-its, einer in Pink einer in Grün, vollgeschrieben mit kyrillischen Buchstaben. Unterschrieben mit Саския.

Ich lief ins Wohnzimmer und verglich die Handschrift mit dem Namen im Handy. Das war derselbe. Саския musste Saskia heißen, wer sonst würde in dieser Wohnung deutsche Zeitungsartikel ausschneiden.

Ich faltete den ersten auf.

Er war ewig lang.

Ich hatte keine Nerven, jetzt so komplizierte Sachen zu lesen. Meine Augen huschten über die Zeilen, so schnell und unkonzentriert, dass nur die unterstrichenen Stellen hängen blieben.

Mittlerweile hätten 800 000 Ukrainer im Ausland Asyl beantragt, sagt Bettina Schulte von der Uno-Flüchtlingsorganisation UNHCR – darunter sind viele Kinder und Jugendliche. »Allein im Donbass sind derzeit 2,7 Millionen Menschen auf Hilfe angewiesen«, so Schulte. Das ukrainische Sozialministerium registriert zudem 5 000 weitere Migranten aus dem Osten des Landes – pro Monat. »Die Flüchtlinge können natürlich nur dann heimkehren, wenn sich die politische Lage im Donbass stabilisiert«, sagt Schulte. Das gilt auch für Menschen wie Yana, Alexander und Alevtina. Sie sind auf der Suche nach neuen Perspektiven im Großraum Bremen geblieben. Viele ihrer Freunde versuchen es inzwischen woanders: Katja, 19, leistet Bundesfreiwilligendienst in Hannover, Jewgenija, 19, ist Au-Pair-Mädchen in Wien, Anja, 23, macht ein Freiwilliges Soziales Jahr im norddeutschen Osterholz-Scharmbek. Die anderen treffen sich nach wie vor regelmäßig in Bremen, Alevtina und Yana haben eine WG gegründet, Alexander stößt aus dem nahen Worpswede oft dazu.

In Deutschland ist ihr Status völlig unklar. »Eine Behördenpraxis besteht bezogen auf Asylantragsteller aus der Ukraine aktuell nicht«, teilte die Bundesregierung mit. »Einschlägige Rechtsprechung gibt es dazu bisher nicht.«

Die Behörden wissen also nicht, was sie mit Menschen machen sollen, die der ukrainische Konflikt nach Deutschland gebracht hat. So gelten sie derzeit in Bremen als Studenten aus einem Nicht-EU-Land. Das bedeutet: Sie müssen ein Konto mit knapp 8 000 Euro Guthaben vorweisen und erhalten keine Unterstützung als Asylbewerber, kein Hartz IV, kein Kindergeld. Stattdessen leben Alevtina, Alexander und Yana nun von Stipendien, Nebenjobs, Spenden.

Ich faltete den zweiten Artikel auseinander – und direkt wieder zusammen. Der war genauso lang wie der erste. Ich würde das alles vielleicht später lesen.

Tausende Asylanträge abgelehnt

Ukrainer sollen abgeschoben werden

Infolge des Bürgerkriegs in der Ostukraine kamen Tausende Flüchtlinge nach Deutschland und beantragten Asyl. Nur wenige dürfen allerdings bleiben – der großen Mehrheit droht die Abschiebung.

Tausenden ukrainischen Flüchtlingen in Deutschland droht laut einem Pressebericht die Abschiebung. Viele der mehr als 7000 Ukrainer, die wegen des Konfliktes in der Ostukraine nach Deutschland geflohen seien und hier Asylanträge gestellt hätten, hätten in den vergangenen Wochen ablehnende Bescheide erhalten, berichtete die »Frankfurter Rundschau«. Nach Informationen der Zeitung gab es im ersten Halbjahr 2017 4016 Entscheidungen über Asylanträge von Ukrainern.

Nur 5,3 Prozent der Anträge würden positiv beschieden oder die Antragsteller dürften nicht abgeschoben werden, berichtete das Blatt. »Mit jedem ablehnenden Bescheid geht eine Ausreiseforderung einher«, wird das Bundesamt für Migration und Flüchtlinge zitiert. Angesichts der aktuellen Flüchtlingsdebatte in Deutschland erhöht sich der Druck auf die Bundesländer, die abgewiesenen Ukrainer tatsächlich auch abzuschieben. Erst in der vergangenen Woche hatten CSU-Politiker gefordert, die Ukraine als sicheres Herkunftsland anzuerkennen.

Plötzlich japste ich, als hätte ich die ganze Zeit über die Luft angehalten. Und ich war so müde wie nach einem ganzen Tag im Schwimmbad. Meine Muskeln in den Armen und in den Schultern taten weh. Etwas nicht zu verstehen, es aber verstehen zu wollen, war unendlich anstrengend, vor allem für die Muskeln.

Ich fiel auf den Stuhl hinter der Küchentür. Und erst dann sah ich es. Die Wand über der Spüle war bemalt. Und ich meine nicht ein bisschen bemalt, sie war ganz und gar und über und über bemalt, also von der Decke bis zur Spüle, vom Fenster bis zur Tür voll mit Lesyas Höhlenmalerei. Das musste sie erst gestern gemacht haben, denn das kannte ich noch gar nicht. Das war neu.

Hinter den Zweigen und Ranken der Blumen, die sie immer malte, lagen Holzbalken, Striche von der einen zur anderen Seite, dazwischen Schatten und Kleckse wie Holzmaserung. Über den obersten Balken krabbelte eine riesige Spinne. Die größte Blüte mitten auf der Wand war kreisrund und hatte Zeiger. Im Blütenstempel stand »Kuckuck«. Eine Blüte sah aus wie eine Torte mit Kerzen. Aus einer anderen guckte ein Hühnerkopf mit Mini-Kamm. Ich stand auf und strich mit der Hand darüber.

Lesya hatte die Küche in mein altes Versteck verwandelt.

Mein altes Schuppen-Uhrkasten-Versteck im Garten unseres Hauses, als Pa noch lebte.

Und da musste ich mich wieder vor Erschöpfung hinsetzen, und ich starrte auf das Höhlenbild, und es kam mir so vor, als hätte Lesya das für mich in die Küche gemalt. Als wäre das eine Botschaft, ein gemalter Notizzettel, auf dem stand: Ich bin im Versteck.

Komm!

Hilf mir!

Und ich wollte sofort losrennen und Lesya helfen und sie bitten, mir alles zu erklären, und sie fragen, was sie mit Ricco zu tun hatte und wo die Sachen von Tante Saskia waren, und ich wollte sie daran erinnern, dass ich ihre beste Freundin war und dass wir uns geschworen hatten, uns immer alles zu sagen, wobei: Eigentlich hatten wir uns das nicht geschworen, sondern wir hatten es zusammen auf die Liste mit den 10 wichtigsten Dingen geschrieben, die man machen muss, damit man für immer beste Freundin bleibt.

Liste von den 10 wichtigsten Dingen, die man machen muss, damit man für immer beste Freundin bleibt

1. Sich alles sagen
2. Niemals lügen, außer um die andere zu schützen
3. Bei allem helfen und um Hilfe bitten
4. Wenn die eine mal blöd ist, soll die andere nicht lange sauer sein (und umgekehrt natürlich)
5. Sich schöne Sachen für die andere ausdenken, als Freundschaftsbeweis
6. Zusammen malen und schreiben oder eine andere Lieblingsbeschäftigung haben
7. Sich in den Arm nehmen
8. Sooft es geht, bei der Freundin übernachten
9. Für die andere mutig sein
10. Ihr glauben und Gutes von ihr denken

Wenn ich an diese Liste dachte und daran, wie schön es gewesen war, die zusammen zu schreiben, weil ich Lesya vorher meine ganzen anderen Listen gezeigt hatte, die ich ja noch nie jemandem gezeigt hatte, weil die mein Geheimnis waren, fragte ich mich, ob es nicht wichtiger war, hierzubleiben und auf Lesya zu warten, die doch bestimmt kommen würde und dann nicht reinkäme, weil ich immer noch den Schlüssel hatte.

Oder ob ich nicht wenigstens zuerst die Adresse von diesem Anwalt ausfindig machen sollte, bevor ich losrannte zum Versteck, damit ich von unterwegs da anrufen könnte. Oder ob ich nicht besser *Hast du's* in der Garage suchen sollte, als zum Versteck zu laufen. Und überhaupt wusste ich gar nicht, wie Lesya das gemacht haben wollte, da reinzukommen, ins Versteck. Und wie ich das schaffen sollte, jetzt, da Mirko und seine Eltern aus dem Urlaub zurück waren, und diese ganzen Fragen waren wie eine Bremse, die mich am Aufstehen und Losrennen hinderte.

Ich starrte auf die Höhlenmalerei an der Küchenwand und die Gedanken schossen kreuz und quer.

Das Auto der Zeilers hatte die letzten Male immer auf dem Bürgersteig vor dem Haus gestanden. Die Rollläden waren hochgezogen, das Fenster im oberen Stockwerk war immer gekippt gewesen.

Der Urlaub war zu Ende.

Wie sollte ich also in den Schuppen kommen? Wie sollte ich zu Lesya gelangen? War sie von hinten in den Zeiler-Garten geklettert?

Die Gartenmauer hinter dem Schuppen war wenigstens

zwei Meter hoch, die würde ich allein nicht hochkommen und die wäre auch Lesya nicht allein hochgekommen. Außerdem müsste man es, um sie zu erreichen, auch erst mal unbemerkt durch einen anderen fremden Garten schaffen.

Oder könnte ich einfach klingeln und fragen, ob die Zeilers die Ersatzschrauben von meinen Inlinern zufällig gefunden hätten oder so was?

Wir wohnten seit 5 Jahren nicht mehr in der Alten Landstraße 139. Die würden mich für irre halten, wenn ich jetzt ankäme, um danach zu fragen. Um dann auch noch, wenn sie trotzdem im Keller wühlten, in den Schuppen zu laufen und Lesya zu sagen, dass sie sich von Ricco doch keine Angst einjagen lassen dürfte, dass der sich mal schön selber um *Hast du's?* kümmern könnte und dass bestimmt alles gut werden würde und dass wir jetzt zusammen zu Tante Saskia fahren würden und der Anwalt bestimmt Rat wüsste und wie froh ich wäre über ihre Höhlenmalerei und dass ich sie ohne die nie gefunden hätte und …

Als es an der Tür klingelte, zuckte ich so heftig zusammen, dass ich mit dem Hinterkopf ans Regal überm Stuhl donnerte. »Lesya!«, rief ich und sprang auf.

Tante Lo gackerte schon wieder. »Fahrrad-Klose war ein guter Mensch!«

Ich stürzte in den Flur. Und wenn es nicht Lesya war? Sondern Michael und diese Frau?! Ich musste meinem Huhn den Schnabel zuhalten. Aber Tante Lo wehrte sich, sie wollte nicht auf dem Arm sein. Ich presste sie fester an mich. »Fahrrad-Klose war ein guter Mensch!«, gackerte sie wieder.

»Kim?«, kam es von draußen.

Ich ging langsam zur Tür und sah durch den Spion.

»Kim?«

Ich riss die Tür auf. »Mama!«

»Gott sei Dank!«, sagte sie zur Begrüßung und drückte sich an mir vorbei. »Ich bin ja so froh, dass du hier bist. Ich hab dich vom Balkon aus gesehen, wie du hier rein bist.«

»Was ist denn los?«

Ma war augenblicklich auf 180. So hatte ich sie schon lange nicht mehr erlebt. »Was los ist? Wo ist Lesya?«, fragte sie streng.

»Weiß ich nicht.«

Ma ging durch die Wohnung. »Lesya?«, rief sie. »Lesya!«

Ich ließ Tante Lo runter. »Sie ist nicht da. Ich warte hier auf sie.«

Ma sah sich kopfschüttelnd im Wohnzimmer um. »Wie sieht das hier eigentlich aus? Und warum weißt du nicht, wo Lesya ist? Weißt du, dass sie gesucht wird?«

»Keine Ahnung. Ja, irgendwie schon«, sagte ich leise.

Ma sah mich von unten an. »Irgendwie schon? Hast du etwa auch etwas damit zu tun?«

»Womit?«

Ma ließ sich auf einen Stuhl fallen. »Die Polizei hat angerufen. Sie haben Ricco bei einer Verkehrskontrolle angehalten und in seinem Auto jede Menge Drogen gefunden.«

Ma schnäuzte sich. »Und bei Fahrrad-Klose in der Garage auch.«

Ich verstand kein Wort. »Und was hat das mit Lesya zu tun?«

Ma fasste mich an den Händen und sah mich mitleidig an. »Lesya hat ab Montag kein Visum mehr. Sie muss zurück.«

Ich machte mich los. »Quatsch.«

»Und Ricco hat Lesya helfen wollen hierzubleiben.«

»Is' klar«, sagte ich. »Ausgerechnet der. Das glaubst du ja wohl selber nicht.«

»Ricco hat mit den Drogengeschäften eigentlich gar nichts zu tun. Er hat Lesya den Job nur besorgt, damit sie das Geld zusammenbekommt.«

Was redete Ma denn da? »Welches Geld denn jetzt auf einmal? Eben hast du noch von Visum gesprochen. Und woher willst du das überhaupt alles wissen?«

Ma griff wieder nach meinen Händen, aber ich schüttelte sie ab und stellte mich vors Fenster. »Das hat Ricco alles der Polizei erzählt und die Polizei hat mich dazu befragt. Leysa braucht auf jeden Fall Geld, um hierbleiben zu können. Und deshalb hat Ricco ihr den Job besorgt«, sagte Ma, die mir gefolgt war.

Ich wirbelte herum. »Welchen Job denn?«

Ma atmete tief durch. »Als Kurier.«

Mir wurde schlecht.

Ich dachte an die Zeitungsartikel, die ich überflogen hatte. In meinen Ohren fing es an zu rauschen. »Bei der Durchsuchung von Fahrrad-Kloses Werkstatt wurden Drogenpäckchen gefunden, hat die Polizei gesagt. Und die wären eindeutig aus derselben Lieferung oder so wie das Zeug in Riccos Auto. Ricco hat gesagt, er wüsste nicht, wie das in sein Auto gekommen wäre, und das glaube ich auch. Er sagt, Lesya hätte es ihm ins Auto gelegt.«

Ich sah wieder hoch. Und hatte plötzlich so eine Wut auf Ma. Ich hätte sie umbringen können. »Ja, wie blöd bist du eigentlich?«, schrie ich sie an. »Ricco ist ein 1-a-Vollidiot! Du lässt dich total von dem verarschen. Na klar sind das seine Drogen! Der hat doch früher schon immer Stress mit der Polizei gehabt, hast du mir selbst erzählt.«

Ma wurde auch wütend. »Vielleicht lässt DU dich ja auch verarschen, und zwar von dieser Lesya! Wenn sie wirklich deine beste Freundin ist, wie du immer sagst, dann wüsstest du doch, dass sie Geld braucht. Und dass ihr Visum abläuft. Und dass ihre Tante gar nicht hier wohnt.«

Ma zeigte mit weit ausgetrecktem Arm im fast leeren Wohnzimmer herum.

Als sie sah, wie ungläubig ich guckte, triumphierte sie. »Siehst du. Auch das hast du nicht gewusst. Ist aber so. Hat die Polizei mir gerade gesagt. Die Tante ist schon seit über zwei Monaten in der Ukraine.«

Abgeschoben. Ausgewiesen. Ich musste die Artikel lesen. Aber nicht jetzt. Jetzt musste ich ... Ich wusste nicht, was ich tun sollte.

Ich tigerte nervös im Wohnzimer herum, während Ma immer weitermachte.

»Also: Was glaubst du, warum dir die tolle Lesya nichts von dem Geld erzählt hat? Und von dem Visum?«

Dass Ma so gemein sein konnte, hatte ich nicht gewusst. Es fing an, in meinen Augen zu brennen. Und im Hals. Mein ganzer Körper brannte vor Wut und Schmerz und Hass und vor Enttäuschung.

»Ich möchte echt mal wissen, warum ich immer Rücksicht auf dich nehme«, sagte ich. Ganz leise. Und wischte mir dabei die Tränen ab, die mir übers Gesicht liefen. »Auf dich. Und deinen Zucker. Und diesen Arsch von Ricco!« Das Letzte hatte ich nicht mehr leise gesagt. Das hatte ich ihr, so laut ich konnte, ins Gesicht gebrüllt.

Ma verzog keine Miene. »Lesya hat ihm das ins Auto getan, da bin ich ganz sicher. Und die Polizei wird das auch herausfinden und Ricco freilassen, wenn sie das Früchtchen erst mal geschnappt hat.«

Das Früchtchen.

Die macht doch alles für Geld.

Die lügt, wenn sie den Mund aufmacht.

Riccos ewige Sprüche fielen vom Kopf direkt in mein Herz.

Ich warf die Zeitungsartikel und den Zettel mit den Abkürzungen und alle Briefe in meinen Beutel und hängte ihn mir über die Schulter.

Die nutzt dich nur aus.

Pass mal lieber auf.

Beste Freundin. Ha! Was denn für beste Freundin! Beste Freundin kennen die in Russland gar nicht.

»Wo willst du denn jetzt hin?«, fragte Ma. Sie lief mir hinterher. »Ins Schwimmbad brauchst du gar nicht zu gehen. Ricco hat der Polizei nämlich gesagt, dass ihr da hinwolltet.«

Die Russen, das sind doch alles Schmarotzer.

Da stechen sich die Frauen gegenseitig die Augen aus.

Das sind alles Schlampen.

Die kommen alle nur hierhin und suchen einen Mann, den sie ausnehmen können.

Ich wusste: Das war alles Quatsch.

Aber in einem Punkt hatte Ricco recht, das begriff ich sofort: Lesya hatte mich angelogen. Es gab schon lange keine

Tante Saskia mehr. Woher waren also die 50 Euro, die sie alle 2 Wochen bekam?

Hast du's?

Nix.

Jetzt wusste ich wenigstens Bescheid.

Und während Ma immer weitersprach, hob ich Tante Lo auf Mas Arm, nahm Lesyas Handy und den Schlüssel vom Wohnzimmertisch und verließ die Wohnung.

MIRKO

Das Schönste am Springen sind die Farben. Das hab ich von Pa gelernt. Wenn wir morgens allein in der Pfauenmühle waren, weil er immer eine halbe Stunde vor der Öffnungszeit seinen Kontrollgang machen musste, durfte ich überall draufklettern. Wenn ich gewollt hätte, hätte ich auch überall runterspringen können. Pa hat mir nie was verboten, was mit Wasser zu tun hatte. Er meinte immer, ich wüsste selbst am besten, was ich mir zutrauen könnte. Deshalb hatte ich auch überhaupt keine Angst vorm Springen. Und je älter ich wurde, desto mutiger wurde ich.

Vom Beckenrand bin ich schon mit Schwimmflügeln gesprungen, als ich kaum laufen konnte. Im Kindergarten vom Einer und meinen ersten Sprung vom Fünfer habe ich im Sommerurlaub in Meran gemacht. Da war ich 7.

Einmal kletterten Pa und ich nach der Schule zusammen auf den Zehner, nachdem wir vorher aus jeder anderen Höhe runtergeguckt hatten. Pa setzte sich ganz nach vorn, ließ die Beine in der Luft baumeln und zog mich auf seinen Schoß. Wir waren ganz still, guckten über die Bäume der Pfauenmühle bis zum Feuerberg und hörten die Vögel zwitschern. Kein Mensch war im Wasser, von der Wiese liefen die letzten Schwimmbadbesucher in die Umkleide. Es regnete.

»Welche Wasserfarbe gefällt dir am besten?«, hatte Pa mich irgendwann gefragt.

Und ich wusste sofort, was er meinte, nur hatte ich noch nicht darüber nachgedacht. Mir war nur aufgefallen, dass die Farben von Wasser sehr unterschiedlich sein konnten, je nach Wetter, Tageszeit und Höhe, aus der man draufguckte. Es war immer blau oder grün oder grau, aber in welchen Abstufungen, das hing eben davon ab, was am Himmel los war.

»So wie jetzt ist es am schönsten«, sagte ich. Oder so was in der Art. Denn Pa antwortete: »Also das Neunter-September-Regenblau vom Zehner.«

Das hatte ich später auf eine Liste geschrieben, zusammen mit den vielen anderen Wasserfarben, die ich in der Pfauenmühle sammelte.

An diesem Tag hatte ich Pa auch gefragt, wann ich endlich vom Zehner springen dürfte. Und er hatte gemeint, wann immer du es dir zutraust.

Kurz danach ist er gestorben.

Daran musste ich denken, als ich jetzt die Leiter zum Dreier mit weichen Knien raufkletterte. Seit dem Unfall war ich nie mehr auf dem Zehner gewesen, um runterzugucken. Zuerst hatte Ma es mir andauernd *Pass bloß auf! Denk daran, was Papa passiert ist!* verboten, weil sie Angst hatte, ich würde runterspringen und auch sterben. Einfach so. Obwohl ich mit 8 sowieso nicht auf die Idee gekommen wäre, da runterzuspringen. Dabei hätte sie es gar nicht verbieten müssen. Die

Erinnerung an Pas Sprung und was passiert war, tat von selber weh.

So wie jetzt. Das Bild wurde mit jeder Sprosse schärfer. Ich sah mich so deutlich auf Pas Schoß sitzen, als würde ich mir gerade ein Selfie davon angucken. Ich spürte die Wärme seines Bauches an meinem Rücken. Und sehnte mich so sehr danach, das noch einmal, ein einziges Mal zu spüren, dass ich einen Moment mitten auf der Leiter stehen bleiben musste. Es fühlte sich an, als würde alle Kraft aus meinen Armen nach innen gesogen und im Bauch zu Wackelpudding werden. Ich kniff den Hintern zusammen. Ich musste da jetzt einfach hoch. Mas Verbot galt nicht mehr. Nichts galt mehr.

Vom Fünferpodest aus sah ich die Sprossen hinauf, die zum Siebener führten, darüber drehte sich die enge Wendeltreppe zum Zehner hoch. Auf der Treppe zwischen dem Siebener und Zehner war nichts los. Der Zehner war mal wieder gesperrt. Diejenigen, die vom Siebener sprangen, beachteten mich nicht, als ich vom Podest aus über die Absperrkette stieg. Sie dachten schon an ihren nächsten Sprung, alberten rum.

Ich wischte mir die Tränen aus dem Gesicht und zog die Nase hoch. Ich würde nicht heulend da runterspringen, so viel stand fest. Schnell kletterte ich die letzten Stufen hoch. Die Sonne knallte aufs Geländer, es war eigentlich zu heiß, um sich dagegen zu lehnen. Genauso wie der Beton unter meinen Füßen zu heiß war, um draufzustehen.

Ich blieb trotzdem, wo ich war, und drückte meinen Rücken gegen das runde glühende Metall. Unter mir das Wasser, von dem ich gar nicht wissen wollte, welche Farbe es heute hatte, von dem ich nur jetzt schon wusste, dass ich es angenehm kühl finden würde, egal wie ich aufkam. Über mir der Himmel, aus dem mir zumindest theoretisch Pa und Fahrrad-Klose zuschauen konnten.

Ich war ja so eine Idiotin! Ich habe ihr meine Listen gezeigt, ihr von meinem Hass auf Ricco erzählt, ihr meine Gefühle für Mirko gestanden, ihr meine heimlichsten Wünsche verraten, sie mitgenommen in mein altes Uhrkastenversteck. Ich habe ihr geholfen, Fahrrad-Klose loszuwerden und ihm den Tod gewünscht. Wir waren unzertrennlich. Es hatte sich angefühlt wie für immer. Moya doroga. Meine Freundin, meine beste Freundin. Sich vertrauen, sich alles erzählen – Lesya. Alles Lüge.

Ich sah über die Bäume hinweg Richtung Feuerberg. Seine Umrisse verschwammen hinter meinen Tränen, sein Rot zerfiel in alle Farben.

Von unten hörte ich »*Ki-him, Ki-him, Ki-him*«-Rufe und Klatschen. Verdammt! Ich war doch extra von der Umkleide direkt zum Springerbecken gegangen und stand jetzt ganz hinten, gleich neben der Treppe, damit genau das nicht passierte. Es war kein Sprung wie sonst, bei dem die anderen johlen und klatschen durften. Niemand sollte mich sehen. Ich stand zum ersten Mal allein auf dem Zehner. Und ich würde einen Kopfsprung machen, so wie er einen Kopfsprung gemacht hatte.

Das ging niemanden etwas an. Nur mich und Pa.

Ich zog die Nase hoch und ging bis zur Mitte des Plateaus. Die Rufe verstummten. Welke blies in seine Trillerpfeife.

Vom Siebener hatte ich schon öfter einen Kopfsprung gemacht. Drei Meter waren da kein großer Unterschied mehr. Die Angst, man könnte das Becken nicht treffen, weil es von so weit oben schmal wie ein Handtuch aussah, kannte ich. Ich wusste, dass die Angst gefährlich war. Wegen dieser Angst stießen sich nämlich viele nicht richtig ab, sondern ließen sich möglichst gerade fallen. So konnte man aber keine richtige Spannung in den Körper kriegen und riskierte einen Überschlag.

Beim Kopfsprung musste man auf jeden Fall weit nach vorn springen und die Arme ausbreiten wie Flügel, auch wenn man das Gefühl hatte, auf den Platten zu landen. Die ausgebreiteten Arme halfen einem, den Fall zu kontrollieren, man wurde nicht zu schnell. Und das war wichtig, denn je schneller man ins Wasser fiel, desto härter war es. Weil die Wassermoleküle keine Zeit zum Ausweichen hatten, wenn man mit 50 km/h auf sie drauffiel.

Der Beton war so heiß, dass ich die Füße abwechselnd anheben musste. Welke hatte heute ganz schön viel Puste. Sein Trillerpfeifen riss nicht ab.

Ich ging bis nach vorn, bis an die Stelle, an der ich auf Pas Schoß gesessen hatte. Ich krallte die Zehen um den rissigen Rand.

Ich hatte es bei Pa – *Bester, Liebster, Schlauster* – hundertmal gesehen. Wie er meterweit parallel zur Wasseroberfläche fiel, bevor er endlich den Kopf zwischen die Arme nahm, sie nach unten stieß und elegant wie ein Graureiher ins Wasser tauchte. Genauso machte ich es, wenn ich vom Siebener sprang, und deshalb spritzte ich kaum Wasser. Wer so vom

Siebener sprang, für den war ein Kopfsprung vom Zehner kein Problem. Und wenn etwas passierte, würden alle denken, es war ein Unfall. Ein tragischer Unfall, der hätte verhindert werden können, wenn jemand EINMAL, nur EINMAL auf MICH aufgepasst hätte.

Noch einmal wischte ich mir die Tränen aus den Augen. Ich erkannte Welke, der loslief, um mich am Springen zu hindern. Die anderen feixten bestimmt. Mirko stand hinter der Gruppe und sah zu mir hoch. Endlich blickte ich ins Becken. Das Wasser war blau. Nichts als blau. Postkartenhimmelblau. Das Schmetterlingssamttürkis, das normalerweise auf dem Wasser schaukelte, wenn Mirko mir beim Springen zusah, war nicht zu sehen.

Liste von den 10 Lieblingspfauenmühlewasserfarben

1. Schmetterlingssamttürkis vom Siebener
2. Neunter-September-Regenblau vom Zehner
3. Schwimmflügelorange vom Block
4. Erster-Mai-Grün vom Einer
5. Gewittergrau, wenn man die Letzte ist, die springt, bevor es anfängt zu blitzen
6. Sonnenuntergangsgelb vom Fünfer
7. Hitzefreimittagsrasengrün
8. Wimmelbildbunt vom Siebener
9. Nasses Mirkohaarschwarz beim Freundschaftsbeweis
10. Postkartenhimmelblau vom Zehner

Vielleicht war das auch besser so. Mirko!

Was wusste ich schon von ihm, warum sollte ich ihn mögen? Hatte er schon mal irgendetwas für mich getan?

Den Strom zwischen uns, pah! Den hatte Lesya ja auch nur erfunden, genau wie den ganzen Rest, den sie Freundschaft nannte. Woher wollte die wissen, wie sich Liebe anfühlte, wenn sie noch nicht einmal eine Freundin sein konnte. Und was wusste ich von Liebe. Ich merkte es ja noch nicht einmal, wenn eine Freundin keine Freundin war. Mich konnte jeder verarschen. Den Magneten, wahrscheinlich bildete ich mir den auch nur ein. Es machte ja doch jeder, was er wollte, Strom hin oder her. Alle starben oder liefen weg oder waren gleich von Anfang an Idioten. Man konnte sich niemals sicher sein. Da nützten keine Listen. Das war Kinderkram. Und da nützten keine Tests. Keine Hauttests! Und keine Kusstests! Das war Lesyakram!

Lesya und ihr Sommerwindgeruch waren der beste Beweis dafür. Ihr Knäckebrotatem. Ihr ukrainischer Mund, der jeden Test bestanden hatte. Sie hielten einfach nicht, was sie versprochen hatten.

Wie hatte ich ihr nur irgendetwas glauben können.

Und mich den ganzen Tag über sie freuen.

Ich war so eine Idiotin!

Die Idiotin breitete die Arme aus und stieß sich ab.

Obwohl es drei Meter mehr waren, kam ihr das Wasser genauso schnell entgegen wie beim Sprung vom Siebener. Kim wusste, dass sie den Kopf zu früh zwischen die Arme genommen hatte und deshalb wie ein Stein fiel.

Das Wasser würde ihr den Fehler nicht verzeihen.

Sie konnte den Schlag bereits spüren, bevor sie aufkam. Die Moleküle hielten zusammen wie bei einem gut geleimten Brett, sie gaben nur widerwillig nach. Kim krachte ins Wasser, das Brennen zuckte vom Rücken über den Hintern abwärts bis zu ihren Füßen. Hatte sie sich ganz überschlagen? Würde das jemand beurteilen können, wenn man sie aus dem Becken zog?

Über ihr kräuselte sich das Wasser wie Sprudel. Bunte Luftblasen, in denen das Blau des Himmels, das Grün des Rasens und das Gelb ihres Badeanzugs eingeschlossen waren, stießen von oben auf sie zu und zerplatzten vor ihren Augen.

Kim hob die Arme und ließ sich sinken.

Die Kollegen ihres Vaters hatten sich bis zum Schluss widersprochen. Die einen meinten, er wäre astrein und wie immer pfeilgerade eingetaucht, die anderen hatten seine Unterschenkel im Flug schlackern sehen. Die Ärzte hielten es jedenfalls für das Wahrscheinlichste, dass Martin Meurer, der ein sehr erfahrener Bademeister war und allabendlich mit seinen Kollegen zwei, drei Sprünge absolvierte, ein Aneurysma hatte, eine verstopfte Arterie im Kopf, die ausgerechnet dann geplatzt war, als er sprang.

Er muss wie ein Stein bis auf den Grund des Beckens gesunken sein.

Und es hatte Ewigkeiten gedauert, bis seine Kollegen gemerkt hatten, dass er nicht längst zur Seite geschwommen und aus dem Wasser gekommen war. Schließlich hatte ihn einer im Becken treiben sehen und rausgefischt. Aber da war es schon zu spät gewesen.

Kim berührte mit den Füßen den Boden des Springerbeckens. 5 m tief war es hier. Sie versuchte, sich zu setzen. Sie schaufelte mit den Händen das Wasser weg, es sollte Platz machen. Der Druck auf den Ohren begann zu schmerzen, aber hinter dem Schmerz war es still. Ganz still. Sie zog die Beine fest an den Körper, um sich auf den Boden des Springerbeckens legen zu können.

Aber ihr Körper machte nicht mit. Er hatte Auftrieb, gegen den sie mit Armen und Beinen anrudern musste. Wenn sie hier unten bleiben wollte, und das wollte sie unbedingt, musste sie Luft loswerden. Ausatmen. Wenigstens ein kleines bisschen.

Stell dir vor, du pustest unter Wasser eine Kerze aus, hörte sie ihren Vater sagen. *Schick kleine Portionen Sauerstoff zwischen den Lippen hindurch, wenn du sinken willst. Aber übertreibe es nicht. Irgendwann wird der Impuls, wieder einatmen zu wollen, übermächtig.*

Kim pustete die zweite Portion Atemluft ins Wasser. Sie stellte sich vor, wie sie sie rauszögen, rätselten. Was ist passiert? Hat keiner was gemerkt? Ist denn nicht auch schon ihr Vater? Sind Aneurysmen erblich?

Und Lesya. Würde sie wissen, dass sie ihretwegen gesprungen war? Ihretwegen und wegen Ma und Pa. Damit alle mal mitkriegten, wie scheiße das war, einfach so abzuhauen oder zu sterben, oder sich von jetzt auf gleich in sein eigenes Gegenteil zu verwandeln!

Also, was? Was, wenn sie ausnahmsweise mal übertreiben

wollte? Nur einmal? Nicht aufpassen, keine Listen schreiben, keine Rücksicht nehmen. Sie entließ den nächsten Luftstrom aus den Lungen. Sie wollte allein und unter Wasser bleiben, sie wollte Lesya vergessen und Ma und Pa und Ricco und Fahrrad-Klose und Mirko und alles. Sie wollte am liebsten nie wieder auftauchen.

Plötzlich wurde sie am Arm gepackt und nach oben gerissen. In ihren Ohren zischte es, als der Wasserdruck nachließ. Der Sauerstoffmangel schmerzte in der Brust. Sie würde jeden Moment einatmen müssen. Übertreiben, dachte Kim. Einmal übertreiben! Dann stieß sie durch die Wasseroberfläche an die Luft und riss den Mund auf. Der Körper pumpte sich mit Sauerstoff voll, der jetzt das Hirn erreichte. Ihr wurde schwindelig.

»Mann, Kim, geht's noch?«, rief Mirko wütend. »Ich dachte, wir üben nur!«

Wieso üben?, hätte sie gern gefragt. Aber sie war so müde. So unendlich müde.

Mirko legte sich auf den Rücken, zog sie zu sich heran und griff unter ihre Achseln. »Halt still«, sagte er streng.

Kim versuchte automatisch, Mirko beim Schwimmen zu helfen. Aber ihre Beine brannten wie Feuer, wenn sie sie auch nur minimal bewegte.

»Halt still«, bat Mirko wieder. »Mach gar nichts, hörst du?«

Kim ließ die Beine hängen. Mirko lag flach auf dem Postkartenhimmelblau und schwamm in kräftigen Zügen. In ihren Achseln spürte sie seine Hände, unter ihr kreisten seine Beine. Ihr Kopf lag auf seiner Brust, mehr mit seinem als mit ihrem Körper verbunden. Sie konnte den Duft vom Ko-

kos-Shampoo in seinen Haaren riechen. Ihr Herz klopfte gegen Mirkos Brust, als wollte es in ihn hinein.

Als sie am Beckenrand waren, stieß Herr Welke die Gruppe der Umstehenden unsanft auseinander. »Das wird ein Nachspiel haben, Fräulein!«, blaffte er. »Der Zehner war gesperrt. Bist du blind? Und taub? Ich habe gepfiffen.«

Mirko legte Kims Hände auf die Ablaufrinne. »Gut festhalten.« Dann glitt er hinter sie und umfasste ihre Taille. Für einen kurzen Moment spürte sie die Wärme seines Bauches an ihrem Rücken. Sie schloss die Augen.

»Helft mir mal«, rief Mirko. Dann hob er sie hoch. Der Bademeister packte Kim unter den Achseln und stellte sie vor sich ab, aber ihre Beine knickten weg wie bei einer Puppe. Herr Welke fing sie gerade noch auf und half ihr, sich langsam zu setzen.

Mirko stemmte sich aus dem Wasser. »Hol einer mal ein Handtuch.«

»Ist hier ein Arzt?«, rief Welke in die Runde.

Kim schüttelte *Nee, ist doch gar nichts passiert* den Kopf. Hustend ließ sie den Oberkörper auf die warmen Platten sinken und kippte auf die Seite, damit die Luft ihre Beine kühlen konnte. Sie sah zum Zehner hoch.

Vielleicht sollte sie noch eine letzte Liste schreiben, bevor sie endgültig mit dem unnützen Kinderkram aufhörte. Die müsste »Wovon man alles nicht stirbt« heißen. Auf Platz 1 stünde: »Wenn man einen Kopfsprung vom Zehner macht«.

Die Stimmen um sie herum klangen wie ein Chor, der noch nicht wusste, was er singen sollte. Jeder schlug leise wispernd was anderes vor.

»Wieso hat Kim das gemacht?«

»Hast du das gesehen?

»Die ist so cool.«

Irgendjemand legte ihr ein Handtuch über die Schultern und ein anderes unter den Kopf. Mittlerweile stand eine riesige Menschentraube um sie herum. Kinderfüße, Frauenfüße, Männerfüße dicht an dicht und in mehreren Reihen.

»Was ist passiert?«

»Ist es schlimm?«

»Ich glaub, das war eine Wette.«

Kim versuchte, sich wieder aufzurichten. Quatsch, Wette.

Der Kreis teilte sich. Eine blonde Frau bahnte sich einen Weg durch die Menschentraube. Sie hockte sich neben Kim und legte ihr eine Hand auf die Schulter. »Ich bin Ärztin. Darf ich dich untersuchen?«

Kim nickte.

Die Ärztin sah Kim prüfend an, dann frage sie nach ihrem Namen und ihrem Wohnort, wollte wissen, was passiert war, ob sie Kopfschmerzen hätte, ob ihr die Ohren wehtäten, ob ihr übel sei, was ihr überhaupt wehtäte. Dann hielt sie Kim den ausgestreckten Zeigefinger vor die Nase und bat sie, dem Finger mit den Augen zu folgen. Kim sah dem Finger nach, der sich von rechts nach links und wieder zurück bewegte. Welke scheuchte die Leute *Hier gibt's nichts zu sehen* weg. Dann hakten die Ärztin und er Kim, einer rechts, einer links, unter und brachten sie zu den Steinbänken. Sie sollte sich auf den Bauch legen und dann drückte die Ärztin auf ihr herum. Sie sollte sagen, ob es hier oder da und ob dies oder das wehtäte. Sie besah sich die rote Haut. Schließlich meinte sie: »Ich habe gesehen, wie du gesprungen bist. Du hast großes Glück gehabt. Das wird ein paar sehr blaue Flecken geben, aber mehr hoffentlich nicht. Ich würde gern deine Eltern anrufen, damit sie dich abholen.«

Kim hob den Kopf. »Nee, das geht schon. Die haben eh kein Auto.«

Irgendwer reichte Kim eine Trinkpackung. »Kann dich jemand nach Hause bringen?«

Kim drückte sich auf die Ellbogen hoch und nahm das Getränk entgegen. Sie trank, nickte und zeigte zum Becken, wo die anderen standen. »Ja, klar. Kein Problem.«

»O.k., wer denn?« Die Ärztin drehte sich um.

»Na, einer von denen«, sagte Kim.

Die blonde Frau lachte. Dann rief sie zum Becken rüber: »Kann *einer von denen* mal herkommen?« Sie wandte sich wieder an Kim: »Und mach das lieber nicht noch mal. Solche Wetten sind gefährlich.«

Kim hatte keine Ahnung, wovon die Frau sprach.

»Alles in Ordnung?«, fragte Mirko.

Kim nickte wieder nur und nuckelte weiter am Strohhalm, während die Ärztin mit Mirko sprach.

Kim hatte ihn gerochen, selbst im Wasser.

Sie hatte auf seiner Brust gelegen.

Er hatte sie gerettet.

»Ja, klar, ich bring sie nach Hause«, hörte Kim Mirko sagen.

Er wollte sie nach Hause bringen.

»Kennst du den Jungen?«, fragte die Frau.

»Ja, klar.«

Mirko setzte sich neben sie. Wenn sie ein wenig hochrutschte, könnte sie ihren Kopf auf seinen Schoß legen. Und vielleicht doch endlich fragen: Was meintest du mit Üben? Aber das mit dem Schoß kam natürlich überhaupt nicht infrage. Außerdem kam Welke jetzt dazu. Er ließ sich versichern, dass Kim sich nichts gebrochen und auch sonst, abgesehen von den Hautprellungen, keine schweren Verletzungen hatte. Die Ärztin war aber der Meinung, Kim sollte noch eine Weile liegen bleiben und sich ausruhen. Danach gehörte sie nach Hause und ins Bett, wo sie sich weiter ausruhen sollte. Mindestens zwei Tage. Und dass sie sofort ins Krankenhaus müsste, wenn sie Kopfschmerzen bekäme oder es ihr übel oder schwindelig würde oder sie sich dauerhaft nicht erinnern könnte. Dann verabschiedete sich die Ärztin. Welke klopfte Mirko auf die Schulter. »Du kümmerst dich, ja? Und sagst Bescheid, wenn ihr Hilfe braucht. Ich muss wieder.«

Und dann waren sie allein. Auf der Bank. In der Sonne, die sich halb hinter dem Sprungturm versteckte. Kim schloss die Augen.

Jemand, vielleicht Mirko, legte ihr ein zweites Handtuch über, dann schlief sie ein.

Kim wachte auf, weil ihr kalt war. Sie drückte sich hoch und setzte sich vorsichtig auf. Mirko war immer noch da. »Wie lange habe ich geschlafen?«

»Wo sind deine Sachen?«

Kim zeigte mit dem Kinn zum Sprungturm. »Da drüben.«

»Soll ich dir was holen?«

Kim schüttelte den Kopf.

»Okay«, sagte Mirko. »Ich zieh mir schnell meine Klamotten über. Deine holen wir auf dem Weg nach draußen.«

Kim stand vorsichtig auf und setzte einen Fuß vor den anderen. Gehen funktionierte gut, die Haut auf der Rückseite der Beine fühlte sich an wie sonnenverbrannt, aber das fand sie nicht so schlimm. Am Sprungturm holte Mirko sie ein. Er packte sich die Taschen. »Willst du was anziehen?«

»Ich leg mir nur das Handtuch über die Schultern. Und Schuhe wären nicht schlecht.« Sie wollte nach ihrer Tasche greifen, aber da hatte Mirko schon Lesyas großes Handtuch aus der Douglastasche gezogen. Er hielt an und breitete es aus. Eine von Tante Los Schwanzfedern, unten weiß oben schwarz, hing im Frottee. Mirko zog sie ab, bevor er ihr das Tuch reichte.

»Hast du wirklich ein Huhn?«

Kim nickte. »Meine Schuhe müssten da drin sein.« Sie holte im Weitergehen die Sneakers raus, trug sie durch das Fußbecken und schob auf der anderen Seite die nassen Füße rein. Die Fersenkappen trat sie einfach runter, während sie sich ins Handtuch hüllte. Der frisch gewaschene Lesyageruch stieg ihr in die Nase.

Neben ihr drehte Mirko Tante Los Feder zwischen Daumen und Zeigefinger. »Cool«, meinte er. Dann gingen sie schweigend nebeneinanderher. Kim musste sich anstrengen, um nicht dauernd gegen Mirko zu titschen. Oder war es Mirko, der gegen sie titschte? Sie sah ihn von der Seite an. Dass er sie gerettet hatte …

»Danke übrigens«, sagte Kim, als sie bei den Rädern angekommen waren.

»Gern geschehen!« Mirko lächelte die Feder an. »Obwohl, eine Übung war das ja nicht gerade.«

»Wieso Übung?«

»Na ja, weißt du das nicht mehr ...?« Mirko kniff ein Auge zu und betrachtete sie besorgt. »Hast du doch was abbekommen?« Er legte ihr seine flache Hand auf die Stirn, als wollte er ihre Körpertemperatur messen. »Hast du Kopfschmerzen?«

Obwohl Kim den Kopf schüttelte, ließ Mirko seine Hand auf ihrer Stirn liegen. Kühl und weich und trocken. Kim schloss die Augen.

»Kannst du dich nicht daran erinnern?«

Kim öffnete die Augen, als Mirko seine Hand wegnahm. Sie zuckte mit den Schultern. »Woran?«

Mirko beugte sich zu seinem Fahrrad runter, um es aufzuschließen. Seine langen dunklen Haare fielen ihm über die Augen.

»Lesya hat mich gestern gefragt, ob ich dir mal zeigen könnte, wie man sich retten lässt.« Im Aufrichten pustete er sich die Haare aus dem Gesicht.

»Was?«

Mirko sah sie wieder so prüfend an. »Hat sie dir das nicht erzählt?«

»Nein! Warum denn? Ich meine: Warum solltest du mir zeigen, wie man sich retten lässt?«

»Keine Ahnung«, sagte Mirko. »Hab ich gar nicht so genau nach gefragt. Machst du das Rettungsschwimmer-Abzeichen, oder so? Lesya meinte auf jeden Fall, du müsstest das üben.«

»Oh Mann!« Kim drehte sich weg.

Mirko fasste sie an der Schulter. »Oh Mann was? Oh Mann, daran kann ich mich gar nicht erinnern, weil ich habe eine Gehirnerschütterung?«

»Nee«, sagte Kim schnell und sah Mirko wieder an. »Ich kann mich an alles erinnern, wirklich. Mir geht's gut. Also an das mit dem Üben jetzt nicht, weil Lesya mir nichts davon gesagt hat, aber das ist in Ordnung, ich meine, sie wollte ...« Kim spürte, wie sie rot wurde. Wie sollte sie diesen Satz jemals zu Ende bringen, ohne Mirko vom Hauttest zu erzählen. Denn natürlich war es Kim wie Schuppen von den Augen gefallen:

Lesya hatte sich das für sie einfallen lassen.

Die Abschlepp-Nummer war ein Freundschaftsbeweis.

Toller Freundschaftsbeweis!

Der nützte jetzt auch nichts mehr.

Sie musste schlucken.

Wenn sie an die vielen Hauttests dachte, die sie und Lesya in den vergangenen Wochen gemacht hatten. Seitdem Lesya vom Flaschendrehen und vom Kusstest und Hauttest erzählt hatte, hatten sie sich die langen Ferientage damit vertrieben, wenn es regnete.

Sie waren durch Kaufhäuser geschlendert und hatten Hauttests »durchgeführt«.

Sie hatten Leute gestreift, wie zufällig an der Kasse leicht gerempelt, Männer, Frauen, Kinder und sich danach über den Test unterhalten.

Nicht immer waren sie zum selben Testergebnis gekommen.

»Na ja«, sagte Mirko, »ist ja auch egal. Ich hab mich zwar erschrocken, aber ...« Er versuchte ein Grinsen. »Ich muss sagen, du hast das gut gemacht.« Er zwinkerte ihr zu. »Du lässt dich ganz gut abschleppen.« Das sollte ein Witz sein. Er wollte sie aufmuntern.

»Aha«, sagte Kim. Weil ihr nichts Besseres einfiel. Und weil sie jetzt unbedingt wegwollte. Der Kloß ließ sich nicht wegschlucken, und vor Mirko zu heulen, kam überhaupt nicht infrage.

Sie griff nach ihrer Tasche, die über Mirkos Schulter hing. »Eigentlich musst du mich nicht nach Hause bringen«, sagte sie. »Es geht mir echt gut.«

Mirko hielt die Tasche fest. Er sah sie an und kniff dabei schon wieder die Augen zusammen, als könnte er so in sie reingucken.

Er hängte die Taschen an den Lenker, ging um sein Rad herum, nahm es auf seine linke Seite und schob es an. »Komm, bis zur Kreuzung haben wir doch sowieso denselben Weg.« Kim ging schweigend neben ihm her. Wo war Lesya jetzt nur? Ob die Polizei sie wirklich festgenommen hat? Wann würde sie wieder von ihr hören? Würde sie überhaupt jemals wieder von ihr hören? War das möglich, dass sie einfach so verschwand?

»Warum hast du das gemacht?«, fragte Mirko in die Stille hinein. »Warum bist du vom Zehner gesprungen?«

Kim überlegte: »Aus Wut. Weil Lesya mir nie was sagt und ...«

Kim zog die Nase hoch. Sie wollte nicht weinen, nicht vor Mirko, wirklich nicht. Aber sie konnte einfach nichts dagegen tun.

Kaum hatte sie Lesyas Namen ausgesprochen, waren die Tränen gelaufen. Als hätten sie nur auf das Startzeichen gewartet.

Lesya hatte ihr *Beste Freundin*-Versprechen gehalten.

Lesya hatte sich etwas ausgedacht, damit sie und Mirko den Hauttest machen konnten.

Aber Lesya hatte sie auch angelogen. Sie so dermaßen angelogen!

Kim beugte sich runter zur Tasche, obwohl sie wusste, dass da kein Taschentuch drin war.

Sie wühlte und wühlte.

Der Rotz lief ihr aus der Nase, die Tränen tropften. »Scheiße!«, sagte sie leise.

»Scheiße! Scheiße! Scheiße!«

Kim wünschte, Mirko würde sie noch mal so am Arm nach oben ziehen, wie aus dem Wasser raus und zu sich heran. Er sollte sie trösten und sagen, dass alles gut werden würde. Er sollte ihr die Hand trocken auf die Stirn legen und sie mit dem Geruch aus seinen Kokoshaaren einhüllen. Sie wollte den Hauttest noch mal machen, aber nicht im Wasser. Denn im Wasser konnte man vielleicht gar keinen Hauttest machen. Wasser verfälschte das Ergebnis und ein Zehnmetersprung, bei dem man sich verdammt wehtat, wahrscheinlich erst recht.

Warum sonst hatte sie nicht mehr gefühlt, als Mirko sie gerettet hatte?

Warum hatte es sich so angefühlt, als würde sie die ganze Szene beobachten, statt sie zu erleben? Warum konnte sie jetzt ganz normal mit ihm reden?

Das hatte sie sich ganz anders vorgestellt.

Sie hatte gedacht, sie würde rumstottern, kein Wort herausbringen. Stattdessen reagierte sie obercool, wenn er von Abschleppen redete, und war kein bisschen nervös.

War das das Ergebnis des Hauttests?

War Mirko der Falsche?

Kim richtete sich auf und sah Mirko in die Augen. In ihrem Kopf begann sich alles zu drehen. Der Boden unter ihren Füßen schwankte, die Welt kippte zur Seite. Und dann wurde es schwarz um sie.

VERONIKA SAVELSBERG

Ich musste nur ein paar Stunden im Krankenhaus bleiben. Ich hatte keine Gehirnerschütterung, sondern nur eine Art Schock. Weil so viel passiert war.

Ma war furchtbar aufgeregt, als die Sanis in ihren roten Jacken bei ihr klingelten und mich ihr übergaben. Sie machte sich übertrieben Sorgen und bezog sofort mein Bett frisch und blieb die ganze Zeit bei mir und schälte einen Apfel und erzählte, dass sie die Zwillinge zu Riccos Ex gebracht hätte. Und dass sie da auch bleiben würden, bis man wüsste, was mit Ricco wäre. Am nächsten Morgen ging sie schon früh zur Arbeit. Ich war allein, und das war mir lieber, als von Ma belagert zu werden, die wahrscheinlich so nett war, weil ihr irgendwas von gestern leidtat. Es war ganz still in der Wohnung.

Ich lag mit Tante Lo im Bett, streichelte ihren Kamm und sollte nicht aufstehen. Die Ärztin hatte noch einen Tag Bettruhe verordnet. Und das passte mir gut: Wozu hätte ich auch aufstehen sollen?! Ohne Lesya lag der Tag vor mir wie ein Loch, in das ich fallen könnte, wenn meine Füße erst den Boden vorm Bett berührt hätten. Es war ein schwarzes Loch voller Zeit, mit der ich nichts anzufangen wusste.

Übermorgen könnte ich vielleicht wieder ins Schwimmbad

gehen, überlegte ich. Mirko hatte angerufen und gefragt, wie es mir ginge. Und ich freute mich auch darüber. Aber irgendwie nur gedämpft. Mich mit Mirko zu unterhalten, ohne die Aussicht, Lesya davon erzählen zu können, kam mir falsch vor. Falsch bis überflüssig.

Tante Lo war auch nicht wie sonst. Sie blieb mit mir im Bett. Vielleicht lag es bei ihr daran, dass sie vom Balkon geflogen war. So ein Ausflug war bestimmt anstrengend. Ich dachte jedenfalls, sie müsste sich erholen, was mir ganz gut gefiel. So war ich wenigstens nicht allein.

In den letzten zwölf Wochen war ich nie allein gewesen. Ich war jeden Tag mit Lesya zusammen gewesen. Und hatte nichts gemerkt von wegen alleine wohnen und Drogenpäckchen verstecken. Obwohl nein, ich hatte natürlich was gemerkt, und das, was ich gemerkt habe, sogar auf Listen geschrieben, auf die Liste mit den Besonderheiten von Lesya zum Beispiel und auf die Ricco-Liste. Aber ich hatte nicht die richtigen Schlüsse daraus gezogen. Und das war der ultimative Beweis dafür, dass Listen gar nichts nützten.

In der Nacht konnte ich nicht schlafen, weil ich mir immer vorstellte, dass Lesya entweder irgendwo draußen rumliefe oder in eine Zelle eingesperrt war. Vielleicht sogar mit Ricco zusammen. Mit Ricco, dem Idioten, der sie anschrie und gemeine Sachen zu ihr sagte und auf ihren Kopf textete, während sie stumm geradeaus gucken und das einfach nur aushalten musste.

Ich war zwar echt sauer auf Lesya, aber ich machte mir trotzdem Sorgen. Ich stand andauernd auf, obwohl ich das nicht sollte, und guckte vom Balkon runter, ob sie nicht vielleicht doch noch käme, aber natürlich kam sie nicht. Sie war ja schon längst im Rph in der Clarenbachstraße, was ich aber erst am nächsten Morgen erfahren sollte.

Obwohl ich sehr traurig war, dass sie so viele Geheimnisse vor mir hatte, vermisste ich sie unglaublich. Und ich wäre vor Angst um sie fast gestorben.

Ich überlegte, ob ich wirklich noch eine letzte Liste mit 10 Dingen »Wovon man alles nicht stirbt« schreiben sollte, auf der unter Punkt 2 stehen müsste »Wenn deine beste Freundin keine beste Freundin ist«, hatte aber gleichzeitig überhaupt keine Lust dazu, denn Listen konnte man nur schreiben, wenn man an sie glaubte, und das tat ich nicht mehr.

Am nächsten Morgen ging es mir schon besser. Ich stand auf und duschte, zog mich aber nicht richtig an, weil ich zu Hause bleiben wollte. Ich war gerade dabei, die Listen unter meinem Bett hervorzuholen und mir vorzustellen, sie zu verbrennen, da klingelte es.

Es war die Frau mit den Sommersprossen und der Extrastimme für Kinder. Sie sagte ihren Namen – Veronika Savelsberg –, und sie erzählte mir, dass sie extra so früh gekommen wäre, weil ich mir doch vielleicht Sorgen um meine Freundin Lesya machen würde. Lesya wäre jetzt im Reichenspergerhaus in der Clarenbachstraße, und das Rph wäre ein Haus für unbegleitete minderjährige Flüchtlinge, das irgendwelche Frauen leiten würden. Ich fing sofort an zu weinen, weil ich so erleichtert war, dass Lesya nichts passiert war, aber auch, weil ich das Wort Flüchtlinge schlimm fand, das zusammen mit unbegleitet und minderjährig noch schlimmer klang, jedenfalls wenn das alles mit Lesya zu tun hatte. Außerdem hörte es sich an, als müsste Lesya jetzt zurück in die Ukraine.

Aber Frau Savelsberg beruhigte mich und fragte, ob sie reinkommen dürfte. Wir gingen ins Wohnzimmer, und Veronika Savelsberg erklärte mir, dass Lesya jetzt auf jeden Fall erst mal in dem Heim bleiben würde und dass sie zunächst keinen Kontakt haben dürfte, auch zu mir nicht, damit sie sich beruhigen und das Erlebte verarbeiten könnte, und dass sie Glück gehabt hätte, dass der Herr Klose nicht lockergelassen hätte. Er hätte nämlich immer wieder angerufen und gesagt, dass er glaubte, dass bei Frau Petuchow was nicht stimmte. Daraufhin hätten sie und der Michael sich ja auch gekümmert, aber so einfach wäre das nicht, man müsste den Leuten schon auch die Chance geben, von sich aus und so. Aber dann hätten sie herausgefunden, dass Frau Petuchow gar keine Aufenthaltsgenehmigung mehr gehabt hätte. Und weil Herr Klose noch am Tag, bevor er tot in seiner Garage gefunden worden war, wieder angerufen hatte und erzählt hatte, dass Lesya nicht nur vermutlich allein wohnte und sich wahrscheinlich selbst versorgen müsste, sondern dass sie deshalb als Drogenkurier für einen gewissen Ricco de Rosa arbeitete, was er soeben bemerkt hätte, weil er das Mädchen dabei beobachtet hätte, wie es ein Paket hinter seinem Werkzeugkasten versteckte, und jetzt mal echt Gefahr im Verzug wäre und sie endlich den GSD rausschicken sollten, ehe noch Schlimmeres passierte.

Und da schien es mir plötzlich alles sehr logisch und richtig, was Fahrrad-Klose gemacht hatte, und ich fand es kein bisschen gemein oder verräterisch, im Gegenteil. Und ich schämte mich dafür, dass ich ihn in Gedanken umgebracht hatte, obwohl er natürlich auch gemein gewesen war und diese ganzen bescheuerten Sachen über Ausländer gesagt hatte.

Deshalb hatten wir das auch nicht mitbekommen, dass Fahrrad-Klose es eigentlich gut gemeint hatte. Nur Tante Lo hatte das begriffen. Hühner sind wirklich schlau. Und Tante Lo ganz besonders.

Ich glaube, es lag an der Angst, dass wir das alles nicht kapiert haben.

Lesya hatte eine so höllische Angst davor gehabt zurückzumüssen, dass sie Panik bekam, als Fahrrad-Klose irgendwas von »Das muss ich melden« sagte. Und die Panik hatte anscheinend dafür gesorgt, dass sie mit Idioten zusammenarbeitete, obwohl sie selbst keine Idiotin war, und dass sie Leute, die es gut mit ihr meinten, am liebsten umbringen wollte. Oder vor ihnen weglief.

»Wo hat die Polizei Lesya gefunden?«, wollte ich von Frau Savelsberg wissen, als sie mir im Wohnzimmer gegenübersaß.

»Vor dem Schwimmbad«, antwortete sie. »Das war ein Tipp von Herrn de Rosa.«

»Herrn der Rosa!«, wiederholte ich abfällig. »Das ist kein Herr. Das ist ein Idiot.« Frau Savelsberg nickte, als wollte sie sagen: Stimmt, sehe ich genauso.

Die Polizei hatte Lesya sofort ins Rph in die Clarenbachstraße gefahren, wo sie in einem Zimmer mit einem Mädchen aus Eritrea wohnen sollte und wo sie sie dann erst mal in Ruhe ließen, weil sie die ganze Zeit über weinte. Sie durfte fernsehen, und am Abend wurden Spiele gespielt, bei denen Lesya nicht mitmachte, weil sie nach Hause in die Türnicher wollte. Und zu mir.

»Sie hat nur von dir gesprochen, weißt du das?« Frau Savelsberg schaute mich aufmerksam an. »Sie konnte sich gar nicht beruhigen und hat ein Mordstheater gemacht, weil sie dich wenigstens anrufen wollte und nicht einsehen konnte, dass das nicht ging.«

»Warum eigentlich nicht?«

»Na ja«, sagte Frau Savelsberg. »Wir wussten ja noch gar nicht, wie das alles zusammenhängt. Und hierherbringen ging ja schon mal gar nicht, weil eine Dreizehnjährige einfach nicht allein wohnen darf.«

»Hat sie das echt? Alleine gewohnt. Also so richtig?«, wollte ich wissen. Vielleicht hatte Ma das ja auch falsch verstanden.

Frau Savelsberg nickte. »Ja, das hat sie. Ihre Tante Saskia ist schon lange ausgereist.«

Vorher hatte sie allerdings wirklich bei diesem Anwalt und seiner kranken Mutter gewohnt, denn das war ihre Arbeit gewesen, aber auch schon da war sie so gut wie nie in der Türnicher gewesen. Sie hatte nur die Miete bezahlt, und ich war froh, dass wenigstens das stimmte und Lesya sich das nicht auch noch ausgedacht hatte.

Wenn ich daran dachte, dass Lesya das Geld, das sie vom Idioten-Ricco bekommen hatte, brauchte, um was zum Essen kaufen zu können, wurde mir total schlecht. Und ich konnte noch weniger verstehen, warum sie mir das nicht gesagt hatte.

Ich hätte sie doch im Leben nicht verraten. Ich hätte ihr

geholfen. Ich hätte ihr Essen von zu Hause mitgebracht und mein Taschengeld gegeben, ist doch klar. Und wir hatten das doch auch zusammen auf die Liste geschrieben: Es war ein Anzeichen dafür, dass man eine beste Freundin war, wenn man die beste Freundin um Hilfe bat. Also war es ein Anzeichen dafür, dass man keine beste Freundin war, wenn man die beste Freundin nicht um Hilfe bat.

Oder war die Angst einfach größer gewesen als alles, was auf unserer Liste stand?

Veronika Savelsberg wiederholte, dass Lesya von Glück sagen könnte, dass sie Herrn Klose begegnet wäre, denn er hätte erkannt, dass Ricco de Rosa für meine Freundin gefährlich war, weil er sie Drogen gegen Geld in seiner Garage verstecken ließ.

Die Abkürzung GSD, die Fahrrad-Klose benutzt hatte und die jetzt auch Veronika Savelsberg benutzte, als wäre das ein ganz normales Wort, das jeder kennen müsste, stand auch auf der Liste, die ich in Tante Saskias Küche gefunden hatte, und deshalb wusste ich, was sie bedeutete. Ich hatte alle Begriffe gegoogelt. Der GSD war so was wie die Polizei vom Jugendamt, wobei Polizei vielleicht nicht passte, weil Veronika vom GSD schon sehr nett war.

Oder Veronika Savelsberg war eine Ausnahme. Sie war nämlich nicht nur nett zu Menschen, sondern auch zu Tieren. Vor allem zu Tante Lo. Als wir im Wohnzimmer saßen und sie andauernd sagte, wie toll es gewesen wäre, dass Fahrrad-Klose sich gekümmert hätte, gackerte Tante Lo die ganze Zeit in meinem Zimmer vor sich hin. Wahrscheinlich, weil sie verstand, dass wir über Fahrrad-Klose sprachen. Frau Savelsberg fragte, ob sie Tante Lo mal sehen dürfte, und deshalb gingen wir zusammen in mein Zimmer.

Tante Lo hatte mal wieder in mein Bett gekackt, was sehr schlimm stank, aber Veronika störte das gar nicht. Sie hockte sich ganz nah vor mein Huhn und fing an, mit ihm zu sprechen. Sie sprach sehr leise, sodass ich nicht verstand, was sie sagte, aber ihre Stimme und alles schien Tante Lo zu beruhigen und mich auch, und davon merkte ich, wie müde ich eigentlich war. Ich hätte mich gern wieder ins Bett zu Tante Lo gelegt, während Veronika Savelsberg uns was vorflüsterte, bis ich eingeschlafen wäre.

Aber ich blieb natürlich stehen. Und Frau Savelsberg setzte sich auf die Bettkante. Von dort schaute sie sich in meinem Zimmer um und zeigte auf die Douglastasche. »Ist die von Lesya?«

»Ja.«

»Lesya hat mich gebeten, ihr ein paar Sachen aus der Wohnung mitzubringen. Sie meinte, du hättest ihre Tasche und darin wäre der Hausschlüssel.«

»Kann sein.«

Frau Savelsberg fragte, ob ich mitkommen könnte in die Türnicher 9 und ihr die Wohnung zeigen und alles, damit sie Sachen für Lesya holen und ihr mitbringen könnte.

Aber ich wusste nicht, ob ich das wirklich machen sollte. Vielleicht war das ein Trick, um zu prüfen, wie teuer die Renovierung in der Türnicher 9 würde – wegen der Höhlenmalerei. Vielleicht gäbe das doch noch richtig Ärger.

Veronika Savelsberg merkte, dass ich zögerte, und fragte mich, ob ich nicht auch glauben würde, dass Lesya sich über ihre eigenen Sachen zum Anziehen und ein paar persönliche Gegenstände freuen würde. Und ich dachte, dass der Ausdruck »persönliche Gegenstände« komisch klang, nämlich so, als wären die Gegenstände Personen, aber ich wusste trotzdem, was sie meinte, und sagte, dass ich das nur machen würde, wenn ich Lesya besuchen könnte.

Das hatte ich einfach so gesagt, ohne vorher darüber nachgedacht zu haben. Ich erschrak kurz, aber dann dachte ich: ja, genau. Ich will Lesya besuchen. Sie soll, sie muss mir das alles erklären. Bevor sie für immer aus meinem Leben verschwindet.

Da guckte Veronika Savelsberg mich zuerst lange an, dann sagte sie, dass das wahrscheinlich nicht gehen würde, weil das Rph seine eigenen Regeln hätte, die sie nicht zu bestimmen hätte. Aber sie versprach mir, dass sie sich was ausdenken würde, weil sie wüsste, dass die Lesya sich das genauso wünschte wie ich. Und diesmal störte mich das »die« Lesya gar nicht, sondern ich glaubte Veronika Savelsberg, und deshalb gab ich ihr das Handtuch und das Handy und alles aus der Tasche, obwohl ich nicht das Gefühl hatte, dass diese Gegenstände persönlich waren. Das Handtuch war von Tante Saskia und das Handy hatte der Idiot ihr gegeben – das hatte ich mir inzwischen schon selbst zusammengereimt: damit er Lesya die Uhrzeiten schicken konnte, zu denen sie Päckchen in die Garage bringen musste.

Persönliche Gegenstände, fand ich, das waren Sachen wie meine Listen-Ordner oder der gelbe Pulli, den Ma für mich gestrickt hatte. Persönlich war bestimmt auch die Gitarre eines Gitarrenspielers, auf der er schon dreißig Jahre eigene Songs spielte, oder die schwarze Trillerpfeife von Welke, die aussah wie von 1980. Persönliche Gegenstände waren Gegenstände, auf die irgendwas von der Person, der sie gehörten, abgefärbt war. Ich brachte Tante Lo in den Stall und ging in Schlafshirt und barfuß mit Veronika Savelsberg in die Türnicher 9. Ich brauchte keine Schuhe, weil es schon ganz heiß war.

In der Wohnung zeigte ich Frau Savelsberg den Koffer mit Lesyas Klamotten, aber für den interessierte sie sich erst mal gar nicht, weil sie nämlich die Höhlenmalerei viel spannender fand. Und ich wollte sie davon überzeugen, wie toll die Höhlenmalereien waren, und ich fing an, ihr das alles zu erklären, also, wie wir das immer gemacht hatten – erzählen und malen, malen und erzählen – und was die Bilder bedeuteten und dass Lesyas Oma das in der Ukraine sogar außen am Haus machte, aber allein und ohne Freundin, die ihr währenddessen Geschichten erzählte, und dann fing ich wieder an zu weinen, weil ich daran denken musste, wie schön das immer gewesen war – wie zusammen spazieren gehen, ohne zu überlegen, wohin man wollte, und dann irgendwo hinkommen, wo man am liebsten immer geblieben wäre. Und ich dachte daran, dass Lesya vor einer Ewigkeit zu mir gesagt hatte, ich würde eines Tages, wenn sie wieder zurück in die Ukraine zu ihren Eltern könnte, eine Reisegruppenleiterin sein, die den Touristen ihre Höhlenmalereien erklären würde, und es fühlte sich so an, als wäre dieser Tag schon gekommen.

Veronika Savelsberg kapierte, dass meine Traurigkeit was mit den Bildern und der Erinnerung zu tun hatte, und interessierte sich jetzt doch für den Koffer. Und ich warf ihr noch alle Stifte rein und die Lederfarben von Klose, mit denen man besonders gut Wände anmalen konnte, weil das wirklich persönliche Gegenstände waren, die was mit Lesya zu tun hatten, und dann noch das Aufladekabel vom Handy, und dann machte Veronika den Koffer zu, und wir gingen.

Bevor wir uns an der Gehwegkreuzung trennten, fragte sie, ob sie morgen wiederkommen dürfte, um mich und Tante Lo zu besuchen, und das fand ich voll nett, weil ich ja sowieso nichts zu tun haben würde, und dann meinte sie noch, ich könnte mich auf sie verlassen und es würde vielleicht ein bisschen dauern, aber sie würde sich was einfallen lassen, damit Lesya und ich uns sehen könnten, denn Lesya würde immerzu von mir sprechen und davon, wie leid ihr alles täte.

Ich ging zurück zu Tante Lo und war ganz verwirrt. Einerseits freute ich mich natürlich darüber, dass Lesya alles leidtat und dass sie von mir sprach und dass sie mich sehen wollte. Ich wollte das ja auch. Andererseits konnte ich mich nicht so sehr darüber freuen, wie ich das bestimmt vor dem ganzen Lügen und Nicht-alles-Sagen getan hätte.

Aber es gab doch den *Beste Freundin*-Beweis vom Hauttest, redete ich mir selbst gut zu. Sie hat das Rettenüben für mich organisiert: sie hat ihr Versprechen gehalten. Ich wartete darauf, dass die Freude über Lesya wieder so groß würde wie vor ihrem Verschwinden. Aber das tat sie nicht. Es war wie bei Fahrrad-Klose. Man konnte einen Verrat oder eine Lüge nicht einfach so wettmachen mit etwas Gutem.

Ich schloss die Tür auf und ging wieder ins Bett. Ich dachte wieder und wieder gründlich über alles nach. Am Ende wusste ich trotzdem nicht, ob Lesya noch meine beste Freundin war oder nur eine Freundin. Oder vielleicht sogar keine Freundin. Das schöne Gefühl, das ich immer gehabt hatte, wenn ich an Lesya dachte, vermischte sich mit vielen anderen Gefühlen, die nicht so besonders schön waren. So als würde man im hellen Apfelgrün aus Versehen mit einem schlecht ausgewaschenen Pinsel rumrühren, der vorher in der braunen Farbe gewesen war.

Mit Mirko war es genauso. Wenn ich daran dachte, wie er mich gestern gerettet hatte und wie ich auf seinem Bauch gelegen hatte und ihn hatte fühlen können und riechen und alles, meldeten sich die Schmetterlinge in meinem Bauch zwar, aber sie schlugen nur einmal mit den Flügeln, ganz kurz und alle gleichzeitig. Als würden sie es nur mir zuliebe tun und als hätten sie eigentlich keine Lust. Und ich dachte wieder: Vielleicht fühlt es sich so an, wenn das Testergebnis negativ ist.

Am nächsten Tag kam Veronika Savelsberg noch früher. Und sie hatte Brötchen dabei. Sie erkundigte sich sofort wieder nach Tante Lo, setzte sich vor mein Bett und fing an, beruhigend zu flüstern. Sie fragte, ob Tante Lo immer noch nicht aufgestanden wäre und was sie gegessen hätte. Und ich sagte, dass sie noch gar nichts gegessen hätte und auch nicht durch die Wohnung gelaufen wäre.

Veronika nickte nur. Und dann machten wir uns Frühstück, so richtig mit Tischdecken und allem, und sie erzählte, dass sie in ihrer Schulzeit mal ein Küken hatte. Ihre Biologielehrerin hätte der Klasse durch ein Experiment zeigen wollen, was das Wort Prägung bedeutete, und man hätte sich melden können, um am Experiment teilzunehmen. Veronika meinte, sie hätte sich sofort gemeldet, weil sie alles, was mit Tieren zu tun hatte, immer schon total spannend gefunden hätte.

Das Experiment ging so: Die Lehrerin hatte einen Nachbarn, der hieß Jürgen und der hielt Hühner in seinem Garten. Veronika hatte mit Jürgen verabredet, dass er sie sofort anrief, wenn ein Küken kurz davor wäre zu schlüpfen. Die Lehrerin wollte das Ei und eine Wärmelampe dann zu Veronika nach Hause bringen, damit das Küken bei ihr schlüpfen konnte.

Veronika durfte sich in der Zeit, in der das Küken schlüpfen konnte, nichts vornehmen, damit das Küken sie sofort nach dem Schlüpfen sehen konnte. Nur dann würde das nämlich mit der Prägung klappen.

Die Lehrerin brachte das Ei an einem Montagmorgen zu Veronika, und Veronika musste an dem Tag nicht zur Schule, damit sie sich um das Experiment kümmern konnte. Sie legte das Ei auf ein superweiches Handtuch in einen Karton unter die Wärmelampe, die die Lehrerin mitgebracht hatte, und wartete. Zuerst krachte nur die Schale ein wenig auf, dann drückte sich der Kopf vom Küken durch die Schale und dann platzte die Schale irgendwann ganz ab.

Veronika fütterte das Küken mit dem Kükenaufzuchtfutter, das ihr die Lehrerin auch mitgebracht hatte. Von da an lief das Küken Veronika immer hinterher und Veronika taufte es Friedalein. Sie konnte noch nicht einmal allein aufs Klo gehen, weil Friedalein ihr überallhin folgte. Und wenn sie duschen ging, rief das Küken andauernd nach ihr. Veronika hat das Küken dann immer, wenn es möglich war, mitgenommen. Es saß auf ihrer Schulter oder sie transportierte es im weiten Ärmel einer Strickjacke, wenn sie zur Schule ging.

»Das Experiment hat funktioniert. Das Küken war auf mich geprägt«, erzählte Veronika. »Es hielt mich für seine Mutter.«

Das fand ich voll schön. Und mein erster Gedanke war: Das muss ich Lesya erzählen. Das war immer noch so drin. Reine Gewohnheit. Obwohl ich gleichzeitig doch so unglaublich traurig darüber war, dass sie mich angelogen hatte.

Das mit dem Küken ging zwei Wochen so. Dann war es alt genug und kehrte zurück zum Nachbarn von Veronikas Lehrerin.

»Leider lebt mein Huhn nicht mehr«, sagte Veronika, »aber ich gehe immer noch oft bei Jürgen vorbei und erzähle den Hühnern von Friedalein. Ein Huhn ist mit Friedalein verwandt!«, sagte sie. »Freddy ist Friedaleins Enkeltochter. Ich erzähle ihr oft von ihrer Oma.«

Ich wollte dann wissen, wo dieser Jürgen wohnte, und Veronika beschrieb den Weg. Jürgen wohnte ziemlich weit weg, ganz am anderen Ende der Stadt, wo ich noch nie gewesen war.

Veronika schaute auf die Uhr. »Ich habe noch ein wenig Zeit, bevor ich ins Rph fahre. Wollen wir vielleicht zusammen mit dem Auto zum Hühnerjürgen? Dann weißt du, wo er wohnt, und könntest, wenn es dir gefällt, beim nächsten Mal mit dem Bus hin.« Sie sah erst mich und dann Tante Lo an: »Was haltet ihr davon?«

Natürlich hielten wir viel davon. Sehr viel sogar. Ich lachte über den Namen Hühnerjürgen und freute mich vor allem darüber, dass Tante Lo mitdurfte. Tante Lo setzte sich in die Ranch, als hätte sie jedes Wort verstanden. Ich zog mir Shorts und Gummistiefel an, weil es heiß war, aber nach Regen aussah. Dann schrieb ich Ma einen Zettel, auf dem stand, wo ich war und mit wem und wann ich wieder zu Hause wäre. Das wollte Veronika unbedingt. Sie fand das besser, als nicht Bescheid zu sagen, wo man war. Das würde mir doch auch nicht gefallen, wenn ich nicht wüsste, wo meine Mutter wäre, sagte sie. Womit sie wahrscheinlich recht hatte. Trotzdem tat ich es nur, um keine lange Diskussion führen zu müssen. Für meinen Geschmack hätte es eine SMS von unterwegs auch getan. Noch besser wäre es gewesen, erst mal zu warten, ob Ma überhaupt wissen wollte, wo ich war, wenn sie von der Arbeit nach Hause kam.

Veronika hatte ein Auto ohne Rücksitze. Der Kofferraum war deshalb riesig. Ich stellte die Ranch dicht hinter den Beifahrersitz und hielt sie die ganze Fahrt über fest, damit sie nicht rumrutschen konnte. Im Radio lief Musik ohne Text. Es war Klaviermusik. Derjenige, der spielte, rief manchmal irgendetwas rein, wie einer, der stören will, oder wie einer, der Schmerzen hat. Manchmal stöhnte er richtig laut. Singen tat er jedenfalls nicht.

Und deshalb gefiel mir die Musik auch nicht. Man konnte

keinen Rhythmus erkennen, und es gab keinen Refrain, man hätte nicht zu der Musik tanzen können, es gab keinen Text, den man mitsingen konnte, es gab keine Stimme, die man hätte versuchen können nachzumachen. Man konnte der Musik nur zuhören.

Und je länger ich zuhörte, desto trauriger wurde ich. Obwohl wir doch zum Hühnerjürgen fuhren und ich mich darauf freute. Und obwohl Veronika dafür sorgen würde, dass Lesya und ich uns bald wiedersehen konnten, damit sie mir alles erklärte. Und obwohl ich mit Jürgen bestimmt über Hühner sprechen und dadurch noch mehr Hühnerspezialwissen anhäufen könnte. Ich würde endlich ein Hühnervolk mit eigenen Augen sehen, das aus mehreren Hühnern und einem Hahn bestand. Und ich hätte all das Lesya erzählen können, wenn wir uns endlich wiedersahen.

Trotzdem: Das Stöhnen und Rufen des Klavierspielers machte mich traurig.

Die Musik aus dem Radio kam mir vor wie die Filmmusik zu meinem Leben, in dem es plötzlich dieses Loch gab. Wer den Film guckte, sah eine Frau und ein Mädchen und ein Huhn durch die Stadt fahren. Das war nicht extrem lustig, aber auch nicht traurig. Ein bisschen ungewöhnlich höchstens, wegen Tante Lo. Aber durch die Musik verstand man, dass es doch etwas Trauriges war. Oder, dass gleich etwas Trauriges passieren würde.

Ich war sehr froh, dass Veronika Savelsberg die ganze Fahrt über nichts sagte. Sonst wäre mir das mit der Filmmusik nicht eingefallen, und ich hätte bestimmt nicht gewusst, warum ich so traurig war. So aber blickte ich aus dem Fenster und sah die Stadt an mir vorbeirauschen. Und gleichzeitig sah ich vor meinem inneren Auge, was gleich passieren würde, wenn Tante Lo die anderen Hühner im Garten rumscharren sah. Sie würde wie eine Verrückte auf die anderen loslaufen und immer im Kreis um sie herumwackeln, und zwar mit lautem Gackern und Flügelschlagen, sodass die anderen Hühner sehr erstaunt gucken und sich vielleicht fragen würden, was mit diesem Huhn los war. Und Tante Lo würde die Hühnerleiter raufklettern, obwohl es noch keine Schlafenszeit war, und sie würde sich neben Freddy eine kleine Kuhle scharren, um sich reinzusetzen, ausgerechnet neben Freddy, und das erste richtige Sandbad ihres Lebens nehmen. Und ich wusste jetzt schon, dass ich Tante Lo zuliebe Ja sagen würde, wenn Jürgen mich fragte, ob ich Tante Lo nicht bei ihm lassen könnte, weil sein Volk mit 9 Hühnern eigentlich ein bisschen zu klein wäre, und dass ich gleichzeitig weinen müsste, weil das schwarze Loch voller Zeit, mit der ich nichts anzufangen wusste und in dem bereits Lesya und Mirko verschwunden waren, dadurch noch größer wurde.

Als wir beim Hühnerjürgen ankamen, wollte ich deshalb nicht aussteigen. Ich blieb einfach sitzen und rührte mich nicht.

Aber dann kam Jürgen zum Auto, Veronika stieg aus, die beiden lachten und sagten auch was zu mir, fanden es aber wohl nicht weiter tragisch, dass ich nur stumm rumsaß. Sie gingen ums Auto rum, Jürgen machte den Kofferraum auf und da stieg ich doch aus. Ich trug die Ranch in den Garten und öffnete die Tür. Tante Lo ging direkt zu den anderen Hühnern. Sie lief zwar nicht so aufgeregt wie in meinem Film herum, sondern bewegte sich eher vorsichtig, ein bisschen unsicher, aber ich konnte trotzdem sehen, dass sie sich freute. Sie guckte sich nicht einmal nach mir um.

Veronika Savelsberg musste dann ziemlich bald los, weil bei ihr die Arbeit weiterging. Sie meinte, ich könnte den Tag über bei Jürgen und Tante Lo bleiben. Sie würde mich und Tante Lo nach der Arbeit wieder abholen. Und das, fand ich, war eine gute Idee. Jürgen zeigte mir, wie man den Hühnerstall ausmistet, und ich durfte dabei helfen, die Hühner zu füttern. Er sagte mir alle Namen seiner Hühner, die ich natürlich nicht sofort behalten konnte. Nur Klecks und Rocky und Mono merkte ich mir auf Anhieb, weil ich dachte, dass die auch gut auf meine Liste mit den lustigsten Namen vom Teuschenberg passen würden. Und natürlich den Namen des Hahns, er hieß Walter.

Als es anfing zu regnen, blieb ich lieber draußen, als reinzugehen, denn erstens hatte ich Gummistiefel an und zweitens konnte ich auf der Terrasse unter dem Dach sitzen. Jürgen hatte mir Tee hingestellt. Den trank ich sonst nie, aber jetzt fand ich ihn lecker. Er passte in den Garten, zum Regen und zu den Hühnern. Ich sah Tante Lo beim Picken zu und spürte, wie der warme Tee durch meine Speiseröhre in den Magen floss.

Irgendwann schrieb mir Mirko. Er wollte wissen, wie es mir ginge, ob ich Kopfschmerzen hätte und wenn nicht, ob ich noch ins Schwimmbad käme, jetzt wo es regnete, wären die anderen alle schon weg.

Die Schmetterlinge, die heute früh so müde waren, hatten sich scheinbar erholt. Sie flatterten jetzt doch wieder ein bisschen länger rum. Und ich freute mich im ersten Moment total drauf, auch das Lesya zu erzählen, bis mir einfiel, dass das zu weit ginge. Über Mirko würde ich ihr nichts mehr erzählen, Hauttest hin oder her. Und ich merkte, dass ich mich trotzdem freuen konnte: Mirko schrieb mir! Er machte sich Sorgen um meinen Kopf, weil die Ärztin ja was von Gehirnerschütterung gesagt hatte.

Ich machte ein Foto von Tante Lo und den anderen Hühnern im Garten und schrieb darunter: »Ich schaffe es heute nicht. Bin mit Tante Lo in die Hühnerferien gefahren.« Dahinter machte ich 10 Hühner-Icons und Regen und Sonne und Tee.

Das fand Mirko LOL, und dann fragte er, wem die Rixe gehören würde. Zuerst verstand ich das nicht und dachte, Rixe wäre ein anderes Wort für Garten oder Laube oder was weiß ich, und dann guckte ich mir noch mal das Bild an, das ich ihm geschickt hatte, und sah das Mofa. Es lehnte hinter dem Hühnerstall am Zaun, eigentlich sah man es gar nicht richtig, nur das Vorderrad und einen Teil des Motors, und ich ging durch den Regen hin und las RIXE auf dem Tank.

»Wahrscheinlich Jürgen«, schrieb ich zurück. »Dem gehören auch die Hühner.«

Mirko schickte mir ein »Daumen hoch« und dann hörten wir auf zu schreiben.

Nach der Arbeit kam Veronika wieder vorbei, Jürgen und ich aßen gerade Kekse, und er gab mir 10 Euro und 2 Eier fürs Ausmisten und Füttern, und er fragte, ob ich morgen nicht wiederkommen wollte. Tante Lo hätte es doch auch gut gefallen. Und ich fand wieder, dass das eine gute Idee war. Ich ging in den Garten und wollte Tante Lo in die Ranch setzen, um sie mitzunehmen. Sie hockte auf der Hühnerleiter und hatte ihr ganzes Gewicht auf die Füße fallen lassen. Sie sah mich stolz an. So als wollte sie sagen: Guck, wie fest ich meine Krallen um den Holm geschlossen habe. Ich falle hier garantiert nicht runter. Ich kann das, obwohl ich das nicht geübt habe. Und dann machte sie die Augen zu, was aussah, als wollte sie sofort einschlafen.

Jürgen und Veronika standen schon am Auto und warteten auf mich. Ich fragte, ob Tante Lo vielleicht bei den anderen Hühnern bleiben könnte, sie wäre so müde, und Jürgen nickte und meinte, ich würde morgen ja sowieso wiederkommen. Veronika würde mir noch zeigen, wo der Bus hielt, und sein Haus stünde von mir aus gesehen zwar nicht direkt um die Ecke, aber es wäre auch keine Weltreise. Und dann fuhr Veronika mich nach Hause, und ich dachte, dass das Ende von diesem Tag genauso war wie in meinem Film, nur dass nicht Jürgen mich gefragt hatte, ob Tante Lo bei ihm bleiben könnte, sondern ich ihn.

Ma war auf dem Sofa vorm Fernseher eingeschlafen. Ich legte die Eier in den Kühlschrank und duschte und ging danach sofort ins Bett.

Obwohl ich bei allem sehr leise gewesen war, war Ma aufgewacht. Sie kam in mein Zimmer. Ich tastete nach dem Schalter der Nachttischlampe und sah sie fragend an. Und Ma setzte sich zu mir ans Bett und fing sofort von Ricco an. Ich fiel zurück ins Kissen und drückte es mir auf die Ohren. Ich würde Ma nie mehr zuhören, wenn sie von dem Idioten anfing, das hatte ich mir geschworen!

Ich kniff die Augen zusammen und fing an zu singen.

Ma machte gar nichts. Sie blieb einfach sitzen. Wahrscheinlich weinte sie wieder, dachte ich und kniff die Augen noch fester zusammen, weil ich das auf keinen Fall sehen wollte. Aber irgendwann konnte ich nicht mehr. Ich machte die Augen auf. Und da fasste Ma mich an den Händen und streichelte sie. Sie zog sie mir nicht von den Ohren und sie heulte auch nicht. Sie schaute mich nur fest an und lächelte und streichelte. So als könnte sie verstehen, dass ich keinen Bock auf noch mehr Ricco-Geschichten hatte. Und da nahm ich die Hände runter und fragte: »Was?« Es klang unfreundlich, und das sollte es auch für den Fall, dass das hier ein Missverständnis wäre und Ma doch wieder ihr übliches Ricco-Geheule anstimmen wollte.

Und da sagte sie auch prompt: »Sie haben Ricco aus der Untersuchungshaft entlassen.«

Ich bekam sofort wieder eine irre Wut. »Toll.«

»Er darf draußen bleiben bis zu seiner Verhandlung wegen der Drogensache mit Lesya, die aber bestimmt erst in drei Monaten oder so stattfindet.«

»Ganz toll!«, sagte ich. Ich war sicher, dass Ma erwartete, dass ich mich darüber freute. Aber das tat ich nicht. Im Gegenteil. Ich bekam Angst. Und zwar davor, dass sie mir mitteilen würde, dass Ricco gleich käme, und ich überlegte schon, was ich dann machen sollte, weil das bestimmt nicht zum Aushalten wäre, und ob es vielleicht möglich wäre, dass ich auch ins Rph zog, und dass ich das gleich morgen Veronika Savelsberg fragen könnte.

Aber da sagte Ma was ganz anderes, nämlich, dass Ricco

jetzt unterwegs wäre, und zwar unterwegs nach Italien, und dass er nicht mehr bei uns wohnen würde, weil sie das nicht wollte.

Ich habe sie bestimmt total fassungslos angestarrt. Und minutenlang nichts gesagt.

Bis Ma mich in den Arm nahm. Und es sich auch genauso anfühlte. Sie wiegte mich hin und her, und ich war plötzlich wieder ein Kind, ich meine ein richtiges Kind, und Ma war meine Mutter, also ein vernünftiger Mensch, der vernünftige Sachen machte und sagte. Denn sie sagte: »Du hattest recht, mein Schatz. Ricco hat gelogen. Das hat die Polizei herausgefunden. Er hat Lesyas Lage ausgenutzt und sie verbotene Sachen machen lassen. Ich bin fertig mit ihm.«

Dann drückte sie mich sanft von sich weg und sah mir in die Augen. »Kannst du mir verzeihen? Dass ich so hässliche Sachen zu dir gesagt habe?«

Ich zuckte mit den Schultern.

»Ich wollte das einfach nicht wahrhaben. Dass er so etwas tun könnte.«

Ich nickte.

»Und ich war eifersüchtig.«

»Eifersüchtig?«

Ma nickte. »Auf Lesya. Und dass du so viel bei ihr warst und nicht bei uns und ... ich meine ...« Ma holte tief Luft. »Eine beste Freundin ... die hätte ich auch gerne.«

Ich ließ den Kopf hängen und sagte traurig: »Ist sie ja gar nicht.«

Ma fasste mich am Kinn und sah mir in die Augen. »Und ob sie das ist«, sagte sie. »Frau Savelsberg hat mir erzählt, dass

Lesya nur von dir spricht. Und einfach nicht verstehen kann, dass sie dich nicht sehen darf.«

»Ja, das hat sie mir auch schon gesagt.« Ich seufzte tief. Und merkte, wie mein Herz ein bisschen leichter wurde. Dann schmiegte ich mich zurück in Mas Arme.

»Frau Savelsberg hat gesagt, auch Mütter dürften Fehler machen. Es wäre aber wichtig, darüber zu sprechen«, sagte Ma. Und fragte wieder: »Verzeihst du mir?«

»Hm ...«, machte ich. Denn ich wollte nichts verzeihen. Ich wollte für den Rest des Tages von Ma gewiegt werden.

Am nächsten Morgen hatte Ma frei, und wir riefen Riccos Ex an und fragten, ob wir die Zwillinge mittags aus dem Kindergarten abholen könnten, um ein Eis essen zu gehen. Und natürlich war Riccos Ex einverstanden, weil sie wusste, dass Ma sich immer gut um ihre Kinder gekümmert hatte, und wir holten Devid und Marilena ab und gingen Eis essen. Es war ein richtig schöner Tag, auch wenn ich nicht genau wusste, was ich sagen sollte, als die Zwillinge mich nach ihrem Papa fragten, aber dann dachte ich mir, dass das eine Sache war, die Riccos Ex oder irgendein anderer Erwachsener regeln sollte, und ich lenkte einfach irgendwie ab, und das klappte auch ganz gut. Am Ende verabredeten wir, dass wir das nächsten Freitag wieder machen würden, und ich habe gemerkt, dass Ma darüber richtig froh war.

Veronika rief mich am Samstag an, um mir zu sagen, dass es heute noch nicht klappen würde, mit dem Treffen von mir und Lesya. Und sie rief am Sonntag an, um mir dasselbe zu sagen, und darüber war ich jedes Mal enttäuscht, aber auch ein bisschen froh, weil ich dann zu Jürgen fahren konnte. Bevor ich auflegte, fragte Veronika beide Male, ob sie Ma sprechen könnte, und dann telefonierten die beiden ewig. Und ich hatte das Gefühl, dass sich Ma darüber sehr freute, denn sie hatte nach den Telefongesprächen immer richtig gute Laune, und ich hoffte nur, dass sie nicht glaubte, dass Veronika Savelsberg ihre beste Freundin werden könnte, denn wahrscheinlich war das mit dem Telefonieren ja Teil ihrer Arbeit.

Ich habe Tante Lo weder am Freitag- noch am Samstagabend mit nach Hause nehmen können. Jeden Abend, wenn ich sie eigentlich in die Ranch setzen wollte, saß sie schon auf der Hühnerleiter, sah mich an und schloss die Augen.

Und dann fing die Schule wieder an, und ich hatte mich fast daran gewöhnt, dass morgens vom Balkon her kein Gackern zu hören war. Statt Tante Lo zu versorgen, also zu füttern und die Ranch sauber zu machen und die Kacke vom Boden aufzuwischen, blieb ich noch eine Weile im Bett und dachte an sie und daran, wie gut sie es jetzt hatte.

Am ersten Schultag waren alle total aufgeregt. Elvy und Ruby hatten keine Ariane-Grande–Zöpfe mehr, sondern lange Locken, die sie sich mit einem Lockenstab reingedreht hatten, und sie trugen lange Röcke, die bis auf den Boden gingen. An den Bänken, an denen wir uns immer trafen, bis es gongte, fragte mich niemand nach Lesya, es war, als hätten die anderen sie längst vergessen. Es ging wie immer nur um die

Ferien, wer wo gewesen war und ums Schwimmbad und dass ich einen Kopfsprung vom Zehner gemacht hatte, das hatte sich auch unter denen rumgesprochen, die nie im Schwimmbad waren.

Ich musste auch später niemandem erklären, warum Lesya nicht mehr da war. Frau Macken sagte es der Klasse. Sie meinte, dass Lesya in einem Flüchtlingsheim wohnen würde und dort auf die Freilassung ihrer Eltern warten würde, um endgültig in die Ukraine zurückkehren zu können. Elvy fand das zwar krass, und Ruby meinte, wie scheiße ist das denn, aber eigentlich war es ihnen egal. Sie hatten Lesya nur ein paar Mal im Schwimmbad und sechs Wochen lang im Unterricht erlebt, wo sie fast nie was gesagt hatte. Alle waren dieselben auf dem Rücken gestreiften Puzzleteile wie vor den Ferien, sie gehörten zusammen in einen Karton, auf dem vorne das Bild eines Strandurlaubs war.

Und ich hatte auch immer noch dieselben Punkte auf dem Rücken, aber ich war trotzdem nicht mehr dieselbe. Denn ich fand die Punkte jetzt schön – auch wenn ich die einzige damit war. Es fühlte sich so an, als würden sie zu einem Puzzle gehören, dessen Teile ich alle kannte. Sie waren zwar in einem Loch verschwunden, aber seit Tante Lo in die Hühnerferien gefahren war und Mirko mir geschrieben hatte und Ma zur Vernunft gekommen war und ich sicher sein konnte, dass Ricco nicht mehr bei uns auftauchen würde, war das Loch nicht mehr schwarz. Und nicht mehr so tief. Vielleicht war es gar kein Loch mehr, sondern eher eine Grube. Man konnte jedenfalls auf den Boden gucken.

Und auf dem Bild des Kartons, in den ich gehörte, war Lesya

zu sehen und der Sommer, den ich mit ihr erlebt hatte. Das Bild sah aus wie von Lesya gemalt, ein Höhlenpuzzlebild, auf dem sie alle und alles versteckt hatte, was zu diesem Sommer gehörte: sich und mich, Fahrrad-Klose und sogar den Idioten, Tante Lo, Ma, Mirko, Veronika Savelsberg, Jürgen, den Schuppen, den Garten, das Schwimmbad ...

Und als ich an diesem ersten Schultag in der ersten großen Pause zum Kiosk ging, da kam es mir so vor, als fände auch Mirko meine Punkte schön und als wüsste er, dass wir in denselben Karton gehörten. Jedenfalls sah er mir entgegen, als ich ankam, und ließ seine Freunde schon mal vorgehen, und er wollte wieder wissen, ob ich Kopfschmerzen hätte und ob es mir auch wirklich gut gehen würde, und als ich sagte, alles wäre in Ordnung, da fragte er, ob die Hühnerferien zu Ende wären oder ob ich da noch mal hinführe, weil er sich nämlich total für die Rixe interessieren würde, wo er doch jetzt den Mofa-Führerschein hätte, und dass er den Besitzer gern mal sprechen würde. Und dann ging es noch hin und her, und wir unterhielten uns über dies und das und klar, auch über Lesya, und die Pause war viel zu kurz, und Mirkos Augen waren wieder besonders weich, und als ich später im Unterricht saß, war ich mit Mirko für nach der Schule verabredet, und die Schmetterlinge flatterten wie wild. Wir würden zusammen zu Jürgen fahren. Ich konnte nicht glauben, dass das wirklich passiert war. Und ich hatte so große Lust, das Lesya zu erzählen. Das Hauttestergebnis war nämlich doch gut. Sehr gut sogar.

Deshalb machten wir das dann auch jeden Tag, eine Woche lang. Wir fuhren mit dem Bus von der Schule aus direkt zu Jürgen, saßen dabei immer dicht nebeneinander und berührten uns an den Schultern, wenn auch nur durchs T-Shirt durch. Ich kümmerte mich um die Hühner und Mirko schraubte mit Jürgen an der Rixe rum. Er würde sie ihm abkaufen, wenn sie sie ans Laufen bekämen.

Und genau an dem Tag, als sie wirklich ansprang, zuerst nur knatternd und ganz kurz, dann aber richtig und lange, und Mirko vor Freude in die Luft boxte und dann erst mal losfuhr zu einer Probefahrt und ich zurückging zu den Hühnern, da legte Tante Lo ein Ei. Das allererste Ei in ihrem Hühnerleben. Oder das allererste, von dem ich wusste. Und es war weiß. Das nahm ich ihr natürlich nicht weg, das sollte sie ausbrüten dürfen. Tante Los Hühnerferien würden also noch mindestens drei Wochen weitergehen, und ich würde sie weiterhin besuchen und sehen, wie es mit dem Brüten voranging.

An diesem Tag fuhr Mirko mit der Rixe nach Hause und ich wartete alleine auf den Bus.

Und plötzlich konnte ich es keine Minute länger mehr aushalten. Ich musste Lesya sehen. Ich musste ihr erzählen, dass Tante Lo endlich ein Ei gelegt hatte. Es kam mir vor, als hätte mein Huhn das auch für Lesya gemacht. Oder für Lesya und mich.

Ich ging über die Straße und stieg in den Bus, der in die andere Richtung, weiter stadtauswärts, fuhr. Die Haltestelle fürs Rph hieß Aachener Str./Gürtel. Das hatte ich einhundertmal bei Google Maps nachgeguckt.

Ich stieg aus und lief direkt auf den Eingang des grauen Gebäudes zu, das wie ein ganz normales Wohnhaus aussah. Die Haustür ging natürlich nicht einfach auf. Über der Klingel war ein Lautsprecher. Man würde mich fragen, wer ich wäre und was ich wollte, was natürlich nicht passieren durfte, weil ich nicht reingelassen werden würde. Rechts neben dem Haus gab es eine Einfahrt mit einem Tor, über das man klettern konnte. Dicht an der Hauswand drückte ich mich hoch und schwang erst ein Bein, dann das andere übers Tor und sprang auf der anderen Seite runter. Es gab einen Kellerabgang. Ich lief runter und drückte die Türklinke. Die Tür war auf. Und schon stand ich in einer Waschküche. Vielleicht wohnten so viele Mädchen in dem Heim, dass ich nicht auffallen würde, wenn ich erst mal oben wäre? Wenn man mich anspräche, könnte ich so tun, als verstünde ich kein Deutsch. Vielleicht war auch Veronika Savelsberg hier und sie würde mir helfen. Ich hatte keinen Plan. Ich machte einfach einen Schritt nach dem anderen.

Es war stockduster in den Kellerräumen und ich hatte nur das Licht meines Handys zur Orientierung.

Ich ging an Getränkekästen und Toilettenpapiervorräten, Dosenravioli und Kartoffelsäcken vorbei. Irgendwann fand ich die Treppe, die nach oben führte. Ich ging Stufe für Stufe leise, aber mit hämmerndem Herzen höher, die Tür am oberen Ende der Treppe war nur angelehnt. Ich sah durch den Türspalt in einen hellen Flur. Ich hielt den Atem an, stieß die Tür ein wenig auf und – da saß Lesya.

Sie sah von ihrem Skizzenbuch hoch, guckte mich an, als wäre ich ein Geist. Dann sprang sie auf und fiel mir um den

Hals. Sie drückte sich an mich und sah mir ins Gesicht und drückte sich wieder an mich und dabei weinte sie die ganze Zeit und sagte immer wieder: »Es tut mir so leid. Ich durfte dir nichts sagen. Es tut mir so leid.«

Und ich verzieh ihr augenblicklich. Meine Nase tief in ihren hellen Nixenhaaren vergraben, nickte ich und fühlte mein Herz noch ein bisschen leichter werden.

Und dann erzählte sie mir alles. Wie ihre Tante nicht mehr aufgetaucht war und sie nicht wusste, was sie tun sollte. Wie sie nur noch mit ihr schreiben konnte und erfahren hatte, dass sie zurück in die Ukraine musste und von dort aus nach Russland geflohen war, weil sie es im Krieg nicht aushielt. Und wie Ricco sie reingelegt hätte. Mit den Päckchen, von denen sie zuerst nicht wusste, was drin war. Und wie viel Geld er ihr dafür gegeben hatte, das sie doch so dringend brauchte, und wie sie Angst bekommen hatte, als sie zufällig mitbekam, was in den Päckchen drin war, die sie bei Fahrrad-Klose verstecken musste, dann aber nicht mehr aufhören konnte, weil sie ja das Geld brauchte und Ricco sie außerdem *wehe du sagst ein Wort, dann ...* erpresst und bedroht hatte. Und dass sie mir nur deshalb nichts von alldem erzählt hatte, um mich nicht mit hineinzuziehen. Und dass sie wüsste, dass sich beste Freundinnen alles erzählen müssten, aber dass diese Regel in dem Fall irgendwie nicht funktioniert hatte.

Und da vergaß ich, dass ich vorsichtiger hatte sein wollen. Es sprudelte nur so aus mir heraus und ich erzählte Lesya alles. Und ich meine wirklich alles: von Veronika Savelsberg und Tante Lo und dem Zehnmeterturm und dem Hauttest und Mirko und der Rixe und den Listen, die nichts mehr nützten und die ich zwar nicht verbrennen, aber auch nicht weiterschreiben wollte, und Lesya lachte über das Wort Hühnerferien, und sie wollte wissen, wie sicher das mit dem Hauttestergebnis wäre, und da musste ich auch weinen, aber eher vor Glück und Erleichterung, weil ich Lesya endlich alles hatte erzählen können. Und je mehr wir erzählten, umso mehr mussten wir abwechselnd lachen und weinen, aber umso mehr beruhigten wir uns auch wieder, und endlich setzten wir uns an den Tisch und guckten uns an und lachten die ganze Zeit nur noch.

Irgendwann zeigte Lesya mir den Hof, in dem sie die Wände bemalen durfte, und eine Wand war schon ganz voll, und das Bild sah fast aus wie das Bild vom Puzzlekarton für die Teile mit den gepunkteten Rücken, und ich war ganz aufgeregt und erzählte ihr von allem, was ich mir vorgestellt hatte, und dass das Bild in meinem Kopf nur bunt gewesen sei, und ich bat sie, mir zu versprechen, das Bild auf jeden Fall noch bunt zu machen, bevor sie wieder zurück in die Ukraine müsste, weil ihr Höhlenbild sonst ja nicht fertig wäre, und da sagte Lesya *Ja, klar, das mache ich auf jeden Fall,* und dann weinte sie wieder und freute sich gleichzeitig, weil das Bunte ja bedeuten würde, dass ihre Eltern frei wären, und dann bat sie mich, ihr auch was zu versprechen, und nachdem ich *Ja klar* und *Was denn?* gesagt hatte, antwortete Lesya: »Wenn ich zurückgehe in die Ukraine, dann musst du alles aufschreiben. Du musst eine Geschichte über uns schreiben. Und wenn man die Geschichte liest oder hört, dann muss es sich so anhören, als würdest du sie gerade erzählen.«

Ich konnte gar nichts mehr antworten und guckte Lesya nur

an und dann sagte sie noch: »Weil bunt allein genügt nicht. Deine Geschichten gehören auch dazu.«

Und da wusste ich, dass ich es auf jeden Fall versuchen würde.

Plötzlich ging von oben ein Fenster auf, und ich erschrak fürchterlich, aber statt sich schnell mit mir zu verstecken oder so, nahm mich Lesya an die Hand und lief mit mir die Treppen hoch, bis wir in einer Wohnung waren, und erst in der Küche, wo eine Frau mit vier anderen Mädchen an einem Tisch saß und Möhren und Bohnen schnippelte, ließ sie meine Hand los, zeigte auf mich und erklärte etwas auf Ukrainisch. Die Frau sah immer wieder von ihrem Messer auf und guckte zwischen mir und Lesya hin und her und schließlich nickte sie.

»Du darfst zum Essen bleiben«, sagte Lesya. Dann zeigte sie mir ihr Zimmer, in dem sie mit einem Mädchen aus Eritrea wohnte, das Nebiat hieß. Nebiat lag den ganzen Tag im Bett und sprach kein Wort. Niemand wusste, wie alt sie war und wie sie nach Deutschland gekommen war. Man hatte sie am Flughafen gefunden, wo sie mehrere Nächte auf den Sitzen geschlafen hatte, und dann hatte man sie hierhergebracht.

Lesyas Bett stand an der rechten Zimmerwand, Nebiats an der linken. Unter dem Fenster gab es zwei Schreibtische und hinter der Tür zwei Kleiderschränke. »Ich halte es hier drin nicht aus. Nebiat ist so traurig! Ich bin hier nur zum Schlafen«, flüsterte Lesya. »Sonst sitze ich unten im Eingang oder male im Hof.«

Dann gab es Essen. Zusammen mit den anderen acht Mädchen, die auf zwei Etagen im Rph wohnten. Es gab im Heim die Regel, dass man zusammen frühstückte und zu Abend aß. Immer eine durfte bestimmen, was es abends gab, sie schrieb morgens den Einkaufszettel, und es wurde gesagt, wer was kaufen gehen sollte. Aber Lesya musste noch nichts einkaufen, weil sie noch nicht lange da war und auch sowieso viel zu jung. Sie durfte sich noch ausruhen. Nur ausruhen.

Und als wir beim Essen saßen, irgendwas mit Reis und Möhren und Bohnen und sehr weich gekochtem Fleisch, fiel mir richtig auf, dass Lesya das Ausruhen guttat. Sie sprach sehr viel, am meisten mit der Frau, die wohl auch aus der Ukraine war. Und ich verstand natürlich, dass das für sie schön war. Endlich mal wieder in der eigenen Sprache zu sprechen. Vielleicht, überlegte ich, lag es aber auch daran, dass Lesya sich hier nicht um alles kümmern musste. Einkaufen, putzen, kochen, waschen. Schule hatte sie auch nicht, weil man noch nicht wusste, in welche sie überhaupt gehen sollte. Nur Deutschunterricht gab es jeden Tag, aber den brauchte Lesya eigentlich gar nicht. Und das mit dem Geld besorgen fiel ja auch flach. Lesya bekam Taschengeld und alles.

Nach dem Essen musste ich wieder gehen, weil die Frau, die auch Ukrainisch sprach, fand, das wäre für den Anfang genug, und sie meinte, das nächste Mal sollte ich bitte klingeln.

Lesya brachte mich runter zum Eingang. Sie sagte, sie hätte schon längst kein Guthaben mehr und sie dürfte auch sowieso kein Handy haben, die wären in dem Punkt krass streng, und wie wir das jetzt machen sollten, dass wir uns schreiben könnten. Und ich hatte auch keine Idee und sagte, ich würde mir was überlegen. Bevor ich wirklich ging, legte Lesya mir ihre Hände auf die Schultern, drückte sich auf die Zehenspitzen und küsste mich auf den Mund. Dann sah sie mich so lange an, bis uns beiden die Augen brannten, und sagte: »Moya doroga!«

Am nächsten Morgen war die Todesanzeige in der Zeitung, wovon Ma aber erst auf der Arbeit und ich danach erfuhr. Sie schnitt sie in ihrer Mittagspause aus und brachte sie am Abend mit. Die Firma, in der Fahrrad-Klose fünfundreißig Jahre lang gearbeitet hatte, hatte ein Foto von ihm in die Anzeige gesetzt und einen Spruch drübergeschrieben, in dem was mit »Mechaniker des Lebens« vorkam, und sie dankten ihm für seine Mitarbeit. Unten drunter stand, dass die Beerdigung von Fahrrad-Klose am Freitag wäre und dass man keine Blumen fürs Grab kaufen, sondern lieber Geld spenden sollte, und dann kam die Kontonummer von einem Herzzentrum, wo das Geld hingehen würde.

Ma meinte, sie würde auf jeden Fall zur Beerdigung gehen, weil alle aus der Türnicher da hingehen würden, und da dürfte man nicht fehlen, auch ich nicht.

Als Ma in die Küche ging, fotografierte ich die Anzeige ab, schickte Veronika Savelsberg eine Nachricht und schrieb drunter: »Darf Lesya mit mir dahin?«

Frau Savelsberg wusste vielleicht noch nicht, dass die ukrainische Betreuerin mir gestern erlaubt hatte, zum Essen zu bleiben. Deshalb schrieb ich noch hinterher, dass ich Lesya gestern schon besucht hätte und dass alles echt gut geklappt hätte.

Aber Frau Savelsberg meldete sich nicht. Und ich hatte auch nichts mehr von Lesya gehört. Wie auch? Ohne Handy ... Einen Tag vor der Beerdigung fuhr ich nach der Schule wie immer zu Jürgen, um nach Tante Lo und ihrem Ei zu sehen. Sie hatte ein zweites Ei gelegt, obwohl ich ihr das erste gar nicht weggenommen hatte. Jürgen meinte, das wäre oft so, dass ein Huhn mehrere Eier bebrütet, weil: es könnte ja auch immer mal was passieren mit so einem Ei. Und das war nur die Einleitung zu dem, was dann kam, nämlich, dass er festgestellt hätte, dass das erste Ei gar nicht befruchtet gewesen wäre von dem Hahn und dass man das beim Schieren erkennen könnte, und dann zeigte er mir, was er damit meinte. Er stellte das Ei auf eine leere Klopapierrolle und leuchtete mit der Taschenlampe durch. Man sah den Eidotter. »Wenn das Ei befruchtet wäre, könntest du im Eidotter ganz viele Äderchen sehen. Das sieht aus wie ein Spinnennetz.« Er hielt mir das Ei hin und fragte: »Willst du es mitnehmen?«

FAHRRAD-KLOSE II

Noch nie hatte ich den Parkplatz vom Teutschenberg Friedhof so voll gesehen. Der Bus, der erst einmal um den Parkplatz herumfahren musste, um die Friedhofsbesucher an der Haltestelle rauszulassen, musste andauernd bremsen, weil wieder jemand aus seinem Auto ausstieg oder quer über die Fahrbahn lief. Auch der Weg vom Eingang bis zur Kapelle, die ungefähr fünfzig Meter hinter der Friedhofsmauer lag, war voller Menschen.

Ich ging mit Ma an der Menge vorbei, weil wir gerne einen Sitzplatz gefunden hätten, aber je näher wir der Kapelle kamen, desto dichter standen die Leute. Das mit dem Sitzplatz konnten wir vergessen.

Ich dachte an Pas Beerdigung.

Wir hatten alle in die Kapelle reingepasst, was auch gut war, weil es an dem Tag heftig regnete. Dann hatte der Pastor lauter schöne Dinge über Pa gesagt. Wie sehr er seinen Beruf geliebt hatte, zum Beispiel, und wie sehr er seine kleine Familie geliebt hatte und dass es ihm jetzt gut ginge, dort wo er war. Das Letzte hatte ich ganz schlimm gefunden, weil es sich so angehört hatte, als wäre es Pa bis dahin nicht so gut gegangen. Aber das stimmte nicht. Pa war immer gut gelaunt, höchstens mal müde gewesen, wenn er von der Arbeit gekommen war, weil es so anstrengend gewesen war, die ganze Zeit für Ordnung zu sorgen, und der Lärm im Schwimmbad an seinen Nerven gezerrt hatte. Pa hatte es geliebt, wenn es ganz still war. Denn wenn es ganz still war, konnte er sich am besten erholen.

Als der Pastor fertig war, gab es eine traurige Musik, und dann wurde Pas Sarg zum Grab getragen, wo der Pastor noch mal was sagte. Dann ließen vier Männer den Sarg in ein Loch und man konnte eine kleine Schaufel mit Erde und eine Blume auf den Sarg werfen.

Ich hab das damals nicht gemacht. Ich fand das Geräusch, das die schwere Erde machte, wenn sie auf den Sargdeckel fiel, schrecklich. Ich stellte mir vor, wie schwer es für Pa sein musste, da unten zu liegen und das ertragen zu müssen.

Bestimmt dachte auch Ma auf Fahrrad-Kloses Beerdigung die ganze Zeit an Pas Beerdigung, denn sie tupfte sich immer wieder die Augen trocken. Wer sie so weinen sah, musste glauben, dass sie Fahrrad-Klose sehr gern gehabt hatte.

Ich setzte mich auf den Rasen unter eine große Kastanie. Ma sprach mit den Nachbarn aus der Türnicher. Es war so dermaßen voll, dass ich sie bald aus den Augen verlor. Bestimmt war die Hälfte aller Bewohner der 3 Häuser da. Es dauerte ewig, bis die Sargträger aus der Kapelle kamen und langsam über den Hauptweg gingen. Ich stand auf und folgte ihnen. An der zweiten Weggabelung, an der wir immer nach rechts gingen, wenn wir Pa besuchten, gingen die Sargträger nach links. Das fand ich gut. Ich wollte nicht bei Pa vorbeigehen müssen, wenn er nicht der Grund für meinen Besuch auf dem Friedhof war.

Das Grab von Fahrrad-Klose lag nah an einem der Brunnen, an denen man mit der Gießkanne Wasser holen konnte. Das war praktisch, denn es passten ganz schön viele Pflanzen und Blumen auf so ein Grab, und man musste oft zwischen Grab und Brunnen hin- und herlaufen, um alle Pflanzen gießen zu können.

Ich blieb am Brunnen stehen und beobachtete, wie sich der Weg vor dem Grab und dann die Wiese dahinter mit Menschen füllte. Einige kannte ich vom Sehen.

Der Pastor fing wieder an zu sprechen, dann bespritzte er den Sarg mit Weihwasser und redete weiter.

Neben jedem Brunnen gab es einen Behälter aus Brettern für alte Blumen und Erde. Ich schob die alten, teilweise fauligen Pflanzenreste hin und her und hatte gerade ein großes noch frisches Stück Moos entdeckt, das sich perfekt für meine Zwecke eignete, als sich jemand neben mich stellte. Torf und Pflanzen im Komposthaufen rochen plötzlich wie frisch gewaschen. Ich grinste und fischte das Moosstück zwischen Blumenstängeln hervor.

»Wir haben ihn nicht umgebracht«, sagte ich leise. »Fahrrad-Klose ist einfach so gestorben. Das passiert manchmal.«

Lesya nickte. »Ich darf dich sehen, weil Ricco weg ist.«

»Der Idiot!«, sagte ich. Dann legte ich das Ei aufs Moos in meiner flach ausgestreckten Hand. »Guck mal!«

Lesya berührte das Ei vorsichtig mit dem Zeigefinger. »Das erste Ei von Tante Lo?«

»Sie hat's immer gewusst.«

»Was?«

Ich gackerte leise und machte Tante Lo nach: »Fahrrad-Klose war ein guter Mensch!«

Lesya zog die Augenbrauen hoch. »Na ja«, sagte sie.

»Na ja«, gab ich ihr recht. Dann legte ich das Moos so ums Ei, dass man es nicht mehr sehen konnte. Wir gingen zusammen an den Wartenden vorbei, direkt bis ans offene Grab.

Eigentlich soll man ja an den Toten denken, der da unten im Sarg liegt, wenn man vor dem Grab steht. Aber ich dachte an meine Listen. Und daran, dass ich jetzt echt aufhören würde, sie zu schreiben. Ich würde nur noch eine letzte anlegen, von der ich auch schon genau wusste, was draufstehen würde. Und ich würde dafür einen Lesya-Fineliner nehmen, weil der viel besser zum Ende passt:

Wovon man alles nicht stirbt

Die restlichen Listen würde ich vielleicht noch vervollständigen oder ein allerletztes Mal hier und da verbessern. Dann wäre Schluss mit den Listen. Denn mit den Listen war es ein bisschen so wie mit den Höhlenmalereien in Schwarz-Weiß. Sie waren nur ein Anfang. Sie konnten nicht wirklich erzählen, wie es war, und sie halfen nichts, wenn's mal wirklich kompliziert wurde. Vielleicht würde ich echt versuchen, die Geschichte aufzuschreiben, um zu erzählen, wie alles war. Für Lesya. Und für mich. Und für alle, die sich für komplizierte Sachen interessieren.

Für die Listen würde ich ein Grab auf der Wäschewiese schaufeln, so wie das von Fahrrad-Klose, nur nicht so tief, um sie hineinzulegen und mit Erde zuzudecken. Und dabei fiel mir auf, dass das mit dem schwarzen Loch voller Zeit, in das ich Angst gehabt hatte reinzufallen, ziemlicher Blödsinn gewesen war, denn »zu viel Zeit« und »schwarzes Loch«, das passte gar nicht zusammen. Fahrrad-Klose lag in einem schwarzen Loch. Und er hatte gar keine Zeit mehr. Alles war für ihn zu Ende. So wie für Pa. Ich aber hatte noch alles vor mir. Mein ganzes Leben.

Und wie wir da so stumm vor dem Grab standen, wussten wir – glaube ich – beide, dass unser gemeinsamer Sommer genau hier und genau jetzt zu Ende war. Und dass etwas Neues anfangen würde. Und dann öffnete ich die Hand und ließ das Ei im Moosmantel leise in den Blumenschmuck auf Fahrrad-Kloses Sarg fallen.

Wovon man alles nicht stirbt

1. Wenn der Vater tot ist und man die Tochter ist
2. Wenn man eine traurige Mutter mit Zucker hat
3. Wenn die Mutter einen Idioten zum Freund hat: Ricco
4. Fahrrad-Klose
5. Wenn Lesya sich nicht meldet, nachdem sie abgehauen ist, und man die Freundin ist
6. Wenn Ricco nach Italien abhaut und man seine Freundin oder eins seiner Kinder ist
7. Wenn der GSD kommt und man aus der Ukraine stammt
8. Wenn die Eltern im ukrainischen Gefängnis sind und man die Tochter ist
9. Wenn das Leben mal ein Loch voller Zeit ist
10. Wenn man einen Kopfsprung vom Zehner macht

Nachwort

Es war einer dieser goldenen Herbsttage, an denen man den Sommer nicht vermisst. Weil mein Schreiben ins Stocken geraten war, saß ich im Café und schaute auf die Straße. Im gegenüberliegenden Mietshaus wurde ein Ladenlokal renoviert. Baufahrzeuge rumpelten heran. Handwerker gingen ein und aus.

Als eine junge Frau die Szene betrat.

Sie kletterte, die langen Haare zu Seilen geflochten, auf eine Hebebühne und fuhr darin die Fassade des Mietshauses hoch bis zum Dachfirst. Ich und einige andere Gäste beobachteten, wie sie anfing, die leberwurstfarbene Hauswand apfelsinengelb zu streichen.

»Von der sind auch die blauen Vogelmädchen in Ehrenfeld«, hörte ich einen Mann am Nachbartisch zu seiner Freundin sagen. »Weißt du, wo das ist?«

Ich nickte, als hätte er mich gefragt. Und auch die Freundin nickte. Logisch, bestimmt kannten viele Kölnerinnen und Kölner dieses Wandgemälde mit den mandeläugigen Mädchen in der Heliosstraße, deren blaue Haare bei längerem Hinsehen zu Blättern wurden, in denen Vögel wohnten – tropenbunt wie ein Trostflecken Urwald im großen Grau der Stadt.

»Die Wandgemälde heißen *murals*«, wusste der Mann am Nebentisch. »Sie malt sie auf Wände und Häuser an Orten in der ganzen Welt.«

Als ich das nächste Mal ins Café kam, hatte ich mich sechs Tage lang gequält und doch nichts geschrieben. Kein Wort.

Ich steckte fest. Die Hausfassade aber war mittlerweile so regenbogenbunt wie die Farbkleckse auf den leichten Stoffschuhen der Künstlerin. Sie hatte begonnen, den farbensatten Untergrund mit schwarzen Linien zu überziehen. Sie malte mit einem Pinsel. Aus der Hand und aus dem Kopf. Ohne Schablone, ohne Skizze.

Aus einem der Fenster des Mietshauses schaute ihr ein Rentner zu. Seine Unterarme waren im offenen Fenster auf einem Kissen abgelegt, er rauchte und erzählte ihr was. Die Künstlerin hörte nur zu. Und malte wie in Trance. Es sah aus, als wären es seine Worte, die ihr den Pinsel übers Mauerwerk führten.

An diesem Tag blieb ich lange im Café. Bis die halbe Hausfassade in der untergehenden Sonne mit bunten Blättern bewachsen zu sein schien, die Hebebühne nach unten fuhr und die junge Frau erschöpft auf die Straße sprang.

Wir verabredeten ein Treffen für den nächsten Tag. Ich erfuhr, dass die Künstlerin Pau Quintanajornet heißt und Deutsch-Chilenin ist. 2013 hatte sie PROJECT WALLFLOWERS gegründet, weil sie ein weltweites Netzwerk für Kunst im öffentlichen Raum schaffen wollte. Damit die Menschen in Kontakt miteinander kämen und sich von *murals* inspiriert gegenseitig was erzählten. Von ihren Träumen, Wünschen und Hoffnungen.

»Die Menschen sollen ihren Zusammenhalt spüren«, sagte Pau. »Wenn Künstler und kulturelle Institutionen auf der ganzen Welt mitmachen, kann das Projekt einen Wandel in der Gesellschaft bewirken.«

Seitdem haben schon viele Künstler und Kulturschaffende

mitgemacht. Das Projekt wuchs und wächst weiter. Derzeit malt Pau in Patagonien.

»Jede Blume wächst aus einem Samen«, sagte sie bei unserem ersten Treffen. »Je mehr Nahrung und Hingabe sie erfährt, desto größer ist die Chance, dass sie schöne Blüten treibt. Mit Menschen ist es genauso.«

Als ich zu Hause wieder meinen Laptop aufklappte und das »WOVON«-Dokument öffnete, war Lesya schon da. Pau hatte ihr Leben eingehaucht. Und ich wusste wieder weiter: Lesya kam neu in Kims Klasse, wurde ihre beste Freundin und veränderte alles. Sie musste Fahrrad-Klose loswerden, sie hatte die Idee mit dem Rezept, sie brachte Kim zum Reden und malte inspiriert von ihren Geschichten die Wände in ihrer Wohnung voll.

Indem sie sich gegenseitig mit Bildern und Geschichten fütterten, erschufen die Freundinnen Kim und Lesya, auf der Suche nach Heimat und Freundschaft, die Welt in WOVON MAN ALLES NICHT STIRBT.

Vielleicht entdeckt ihr, liebe Leserinnen und Leser, in eurer Stadt oder auf Reisen bald auch ein *mural*, das zum PROJECT WALLFLOWERS gehört. Haltet die Augen offen. Und dann: erzählt euch was.

Barbara Zoschke, Köln, im Oktober 2017

Mehr Informationen über »murals« findet ihr hier: www.projectwallflowers.com.

Just me

Lieblingsbücher für Mädchen

Nikola Huppertz
Mein Leben, mal eben
256 Seiten. Klappenbroschur
ISBN 978-3-649-66990-6
Auch als **ebook** erhältlich:
ISBN 978-3-649-62331-1

Anouk will ihr Leben ändern: Ab sofort wird sie NORMAL, hört Popmusik wie die andern und spielt Computerspiele. Doch ihr Steinzeit-Laptop lädt das blöde Game einfach nicht, und während sie wartet, hämmert Anouk ihre »Memoiren« in die Tastatur: Über MaMi und Matrix, ihre Mütter; über ihren Rocker-Vater; und über Lore, die neu in der Klasse ist. Außerdem soll Anouk einen Songtext für Moritz schreiben, der aber leider auch dieses Unnormal-Gen hat …

Kristina Dunker
Ins Blaue hinein
256 Seiten. Klappenbroschur
ISBN 978-3-649-66988-3
Auch als **ebook** erhältlich:
ISBN 978-3-649-62525-4

Eigentlich hat Merle keine Lust auf Urlaub bei den Großeltern. Doch dann trifft sie auf Felix, mit dem sie fantastische Geschichten erfinden kann. Auch mit Dana ist sie gern unterwegs, obwohl diese alle Jungs einschließlich Felix für »Kinder« hält. Eines Tages wird die Urlaubsstimmung am Waldsee gestört – muss Merle sich nun zwischen ihren Freunden entscheiden?

Anna Herzog
Alles im Fluss
256 Seiten. Klappenbroschur
ISBN 978-3-649-62350-2
Auch als **ebook** erhältlich:
ISBN 978-3-649-62704-3

Ein Fluss, ein uraltes Faltboot und eine halbe Mutprobe: Aus der Testfahrt wird ein abenteuerlicher Trip ans Meer. Ein echtes Boatmovie, findet Juli, die Filme machen will und auf der Suche nach Geschichten ist. Die Wirklichkeit aber schreibt ihr ganz eigenes Drehbuch. Und darin müssen Juli und der gleichaltrige Jonte sich nicht nur ihren Ängsten stellen, sondern auch Verantwortung übernehmen: für Jontes kleinen Bruder Per, für den hässlichsten Kater der Welt und für sich selbst …